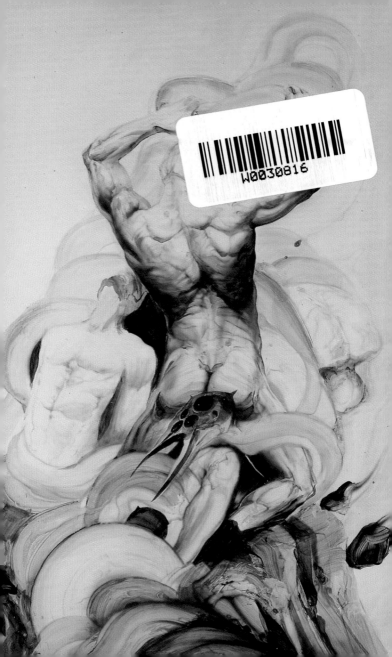

LE CHAMPION
ÉTERNEL

ŒUVRES DE MICHAEL MOORCOCK
DANS PRESSES POCKET

LE CYCLE D'ELRIC

1. ELRIC DES DRAGONS
2. LE NAVIGATEUR SUR LES MERS DU DESTIN
3. ELRIC LE NÉCROMANCIEN
4. LA SORCIÈRE DORMANTE
5. L'ÉPÉE NOIRE
6. STORMBRINGER

LA LÉGENDE DE HAWKMOON

1. LE JOYAU NOIR
2. LE DIEU FOU
3. L'ÉPÉE DE L'AURORE
4. LE SECRET DES RUNES

LA NOUVELLE LÉGENDE DE HAWKMOON

5. LE COMTE AIRAIN
6. LE CHAMPION DE GARATHORM
7. LA QUÊTE DE TANELORN

LE NAVIRE DES GLACES
LE CAVALIER CHAOS
(Le grand temple de la S.-F.)

SCIENCE-FICTION
Collection dirigée par Jacques Goimard

MICHAEL MOORCOCK

LA QUÊTE D'EREKOSË

LE CHAMPION
ÉTERNEL

PRESSES POCKET

Titre original :
THE ETERNAL CHAMPION

Traduit de l'anglais par
Arnaud Mousnier-Lompré

La loi du 11 mars 1957 n'autorisant, aux termes des alinéas 2 et 3 de l'article 41, d'une part, que les copies ou reproductions strictement réservées à l'usage privé du copiste et non destinées à une utilisation collective, et, d'autre part, que les analyses et les courtes citations dans un but d'exemple et d'illustration, « toute représentation ou reproduction intégrale ou partielle, faite sans le consentement de l'auteur ou de ses ayants droit ou ayants cause, est illicite » (alinéa premier de l'article 40).

Cette représentation ou reproduction, par quelque procédé que ce soit, constituerait donc une contrefaçon sanctionnée par les articles 425 et suivants du Code pénal.

Copyright © Michael Moorcock 1970
Copyright © Presses Pocket 1990
pour la traduction française
et la présente édition
ISBN 2-266-03970-9

PROLOGUE

ILS m'ont appelé.

C'est tout ce dont je sois sûr.

Ils m'ont appelé et je suis venu à eux. Je ne pouvais faire autrement. La volonté de l'humanité tout entière était une chose puissante. Elle a fracassé les nœuds du temps et les chaînes de l'espace pour me rejoindre et m'a entraîné vers elle.

Pourquoi ai-je été choisi? Je n'en sais toujours rien, même s'ils ont cru me l'avoir dit. Et maintenant c'est fait, et je suis ici. Je serai toujours ici et si, comme me le disent les sages, le temps est cyclique, alors je retournerai un jour à la partie du cycle que j'ai quittée et que je connaissais sous le nom de vingtième siècle après Jésus-Christ de l'Age des Hommes, car (cela n'était ni mon fait ni mon souhait) je suis immortel.

1

UN APPEL A TRAVERS LE TEMPS

ENTRE l'état de veille et le sommeil, nous avons souvent l'impression d'entendre des voix, des bribes de conversations, des expressions prononcées avec un accent étrange. Parfois, nous essayons d'accorder notre esprit afin d'en entendre plus, mais nous n'y parvenons que rarement. Ces illusions sont appelées hallucinations hypnagogiques — amorces de rêves que nous ferons plus tard dans notre sommeil.

Il y avait une femme. Un enfant. Une ville. Un métier. Un nom : John Daker. Un sentiment de frustration. Un besoin d'accomplissement. Même si je les aimais. Je sais que je les aimais.

C'était l'hiver. Malheureux, couché dans un lit froid, je regardais la lune par la fenêtre. Je ne me rappelle plus mes pensées exactes. Elles portaient sur la condition de mortel et la futilité de l'existence humaine, sans aucun doute. Puis, entre la veille et le sommeil, je commençai à entendre chaque soir des voix...

Tout d'abord, je les écartai, m'attendant à m'endormir immédiatement, mais elles continuèrent, et je me mis à essayer de les écouter, pensant peut-être recevoir quelque message envoyé par mon inconscient. Mais le mot le plus souvent répété était pour moi du charabia :

Erekosë... Erekosë... Erekosë...

Je n'arrivais pas à reconnaître ce langage, même s'il me donnait une impression de bizarre familiarité. La langue dont je pouvais le plus le rapprocher était celle

9

des Indiens Sioux, mais je n'en connaissais que quelques mots.

Erekosë... Erekosë... Erekosë...

Chaque soir je redoublai d'efforts pour me concentrer sur les voix et, peu à peu, les hallucinations hypnagogiques devinrent de plus en plus puissantes, tant et si bien qu'un soir il me sembla que je me libérais entièrement de mon corps.

*
*

Avais-je flotté une éternité dans les limbes ? Etais-je vivant — mort ? Y avait-il le souvenir d'un monde existant dans le passé lointain ou l'avenir éloigné ? D'un autre monde apparemment plus proche ? Et les noms ? Etais-je John Daker ou Erekosë ? Etais-je l'un et l'autre ? Bien d'autres noms — Corum Bannan Flurrun, Aubec, Elric, Rackhir, Simon, Cornelius, Asquinol, Hawkmoon — s'enfuyaient sur les rivières spectrales de ma mémoire. Désincarné, je flottais dans l'obscurité. Un homme parlait. Où était-il ? J'essayais de regarder, mais je n'avais pas d'yeux pour voir...

*
*

— *Erekosë le Champion, où es-tu ?*
Une autre voix :
— *Père... ce n'est qu'une légende...*
— *Non, Iolinda. Je sens qu'il écoute, Erekosë...*

J'essayais de répondre, mais je n'avais pas de langue pour parler.

Puis il y eut des demi-songes tourbillonnants d'une maison dans une grande cité des miracles — une cité des miracles foisonnante, crasseuse, remplie de machines aux couleurs ternes, dont beaucoup transportaient des passagers humains. Il y avait des bâtiments magnifiques sous leur gangue de poussière, et il y en avait d'autres, plus brillants mais moins beaux, aux lignes austères et aux fenêtres nombreuses. Il y avait des cris et de grands bruits.

Il y eut une troupe de cavaliers qui traversaient au galop un pays vallonné, flamboyants dans leurs armures de batture, des pennons colorés drapés autour de leurs lances couvertes de sang séché. La lassitude marquait leurs visages.

Puis il y eut d'autres visages, de nombreux visages. Je crus en reconnaître certains. D'autres m'étaient complètement inconnus. Nombre de leurs propriétaires portaient d'étranges vêtements. Je vis un homme d'âge moyen aux cheveux blancs. Il arborait une haute couronne en fer, ornée de diamants et garnie de pointes. Ses lèvres bougeaient. Il parlait...

— *Erekosë. C'est moi — le Roi Rigenos, Défense de l'Humanité...*

« *Nous avons de nouveau besoin de toi, Erekosë. Les Chiens du Mal règnent sur un tiers du monde et la race humaine est épuisée de leur faire la guerre. Viens à nous, Erekosë. Conduis-nous à la victoire. Des Plaines de Glace Fondante aux Montagnes de la Douleur ils ont planté leur étendard corrompu, et je crains qu'ils ne s'avancent plus loin encore dans nos territoires.*

« *Viens à nous, Erekosë. Mène-nous à la victoire. Viens à nous, Erekosë. Conduis-nous...*

La voix de la femme :

— *Père. Ceci n'est qu'une tombe vide. Même la momie d'Erekosë en a disparu. Depuis longtemps elle n'est plus que poussière dans l'air. Partons d'ici et retournons à Nécranal rassembler les pairs de ce monde !*

Mes sensations étaient celles d'un homme qui, sur le point de s'évanouir, s'efforce de combattre l'oubli vertigineux, mais qui, si fort qu'il essaie, ne peut contrôler son propre cerveau. A nouveau je tentai de répondre, sans succès.

C'était comme si je reculais irrésolument dans le Temps, tandis que chacun de mes atomes voulait avancer. J'avais l'impression d'avoir une taille immense, comme si j'étais fait de pierre et mes paupières de granit, chacune large de plusieurs milles — des paupières que je ne pouvais ouvrir.

Puis j'étais minuscule. Le grain le plus petit de l'univers. Et pourtant je sentais que je participais bien plus de l'ensemble que le géant de pierre.

Des souvenirs allaient et venaient.

Le panorama complet du vingtième siècle, avec ses découvertes et ses supercheries, ses beautés et ses cruautés, ses satisfactions, ses luttes, ses illusions sur lui-même, ses lubies superstitieuses auxquelles il donnait le nom de Science, se précipita dans mon esprit comme l'air dans le vide.

Mais ce fut passager : à la seconde suivante, mon être entier fut projeté ailleurs — dans un monde qui était la Terre, mais pas la Terre de John Daker, ni tout à fait le monde de feu Erekosë...

Il y avait trois grands continents, deux proches l'un de l'autre, séparés du troisième par une vaste mer où apparaissaient de nombreuses îles, grandes et petites.

Je vis un océan de glace qui, je le savais, s'amenuisait lentement — les Plaines de Glace Fondante.

Le vis le troisième continent avec sa flore luxuriante, ses puissantes forêts, ses lacs bleus et, sur ses côtes septentrionales, une chaîne de montagnes imposantes — les Montagnes de la Douleur. Je savais qu'ici était le domaine des Xénans, auxquels le Roi Rigenos avait donné le nom de Chiens du Mal.

Sur le continent de Zavara, je vis les terres à blé de l'ouest avec leurs hautes cités de roc multicolore, leurs riches cités — Stalaco, Calodemia, Mooros, Ninadoon et Dratarda.

Je vis les grands ports maritimes — Shilaal, Wedmah, Sinana, Tarkar — et Noonos et ses tours pavées de pierres précieuses.

Puis m'apparurent les cités-forteresses du continent

de Nécralala, et la plus puissante de toutes, la capitale Nécranal, qui occupait le sommet, l'intérieur et les abords d'une montagne imposante, couronnée par le vaste palais de ses rois guerriers.

A présent la mémoire commençait à me revenir, tandis qu'à l'arrière-plan de ma conscience j'entendais une voix appeler : *Erekosë, Erekosë, Erekosë...*

Les rois guerriers de Nécranal qui régnaient depuis deux mille ans sur une humanité unie, en guerre, puis à nouveau unie. Les rois guerriers dont Rigenos était le dernier représentant vivant — aujourd'hui vieillissant et ne laissant, pour perpétuer sa lignée, qu'une fille, Iolinda. Vieux et las de haïr — mais toujours plein de haine. Plein de haine pour le peuple inhumain qu'il appelait les Chiens du Mal, les ennemis séculaires du genre humain, téméraires et sauvages ; liés, disait-on, par quelques gouttes de sang à la race humaine — résultat de l'union entre une ancienne Reine et le Mauvais, Azmobaana. Haïs par le Roi Rigenos comme immortels sans âme, esclaves dévoués des machinations d'Azmobaana.

Et, plein de haine, il appelait John Daker, qu'il nommait Erekosë, à l'aider dans la guerre qu'il leur livrait.

« Erekosë, je te supplie de me répondre. Es-tu prêt à venir ? » Sa voix était forte et pleine d'échos, et quand, après avoir lutté, je pus répondre, ma propre voix sembla elle aussi pleine d'échos.

— Je suis prêt, répondis-je, mais j'ai l'impression d'être enchaîné...

— *Enchaîné ?* » La consternation transparut dans sa voix. « Es-tu donc prisonnier des effroyables sbires d'Azmobaana ? Es-tu retenu sur les Mondes Fantômes ?

— Peut-être, dis-je. Mais je ne le pense pas. Ce sont l'Espace et le Temps qui m'enchaînent. Je suis séparé de vous par un gouffre sans forme ni dimension...

— Comment pouvons-nous combler ce gouffre et t'amener à nous ?

— Les volontés unies de l'humanité pourraient servir ce dessein.

— Nous prions d'ores et déjà pour que tu puisses venir à nous.

— Alors, continuez, dis-je.

Je recommençai à tomber. Je crus me rappeler rire, tristesse, orgueil. Puis, soudain, de nouveaux visages. J'avais l'impression d'être le témoin de la mort de tous les gens que j'avais connus, en remontant les époques, puis un visage se surimposa aux autres — la tête et les épaules d'une femme à la beauté stupéfiante, aux blonds cheveux ramassés sous un diadème de pierres précieuses qui semblait illuminer la douceur de son visage ovale. « Iolinda », dis-je.

Je la voyais de façon plus consistante à présent. Elle s'accrochait au bras de l'homme, grand et farouche, qui portait la couronne de fer sertie de diamants : le Roi Rigenos.

Ils se tenaient devant une plate-forme vide de quartz et d'or ; sur un coussin de poussière reposait une épée droite qu'ils n'osaient pas toucher. Ils n'osaient pas non plus s'en approcher trop, car elle dégageait une radiation qui aurait pu les tuer.

C'était dans une tombe qu'ils se trouvaient.

La tombe d'Erekosë. Ma tombe.

Je me déplaçai jusqu'à la plate-forme et flottai au-dessus.

Des éons auparavant, on y avait placé mon corps. Je regardai fixement l'épée qui ne présentait aucun danger pour moi, mais dont, captif que j'étais, je ne pouvais me saisir. Seul mon esprit occupait cet endroit obscur — mais mon esprit dans sa totalité, non la parcelle qui avait habité la tombe pendant des millénaires. Cette parcelle avait entendu le Roi Rigenos et avait permis à John Daker de l'entendre, de venir jusqu'à elle ; d'être réuni avec elle.

— Erekosë ! cria le roi, en fouillant les ténèbres du regard comme s'il m'avait vu. Erekosë ! Nous prions.

Alors je ressentis l'atroce douleur que je crus semblable à celle d'une femme au moment de l'enfantement. Une douleur qui semblait éternelle et qui, pourtant, portait en elle-même sa défaite. Je criais en me tordant dans l'air au-dessus d'eux. J'étais secoué de grands spasmes de souffrance — mais une souffrance non dénuée de dessein — le dessein de création.

Je hurlai. Mais il y avait de la joie dans mon cri.

Je gémis. Mais il y avait du triomphe dans mon gémissement.

Je devins lourd et titubai. Je devins de plus en plus lourd, et je haletai en écartant les bras pour m'équilibrer.

J'avais de la chair, j'avais des muscles, j'avais du sang, j'avais de la force. La force me parcourut ; je pris une immense inspiration et touchai mon corps. C'était un corps puissant, grand et en excellente condition.

Je levai les yeux. J'étais devant eux en chair et en os. J'étais leur Dieu et j'étais revenu.

— Me voici, dis-je. Je suis venu, Roi Rigenos. Derrière moi, je ne laisse rien à quoi je tienne, mais ne me faites pas regretter ce que j'ai quitté.

— Vous ne le regretterez pas, Champion. » Il était pâle, mais ragaillardi et souriant. Je regardai Iolinda qui baissa les yeux modestement, puis, comme contre sa volonté, les releva vers moi. Je me tournai vers l'estrade à ma droite.

— Mon épée, dis-je en tendant la main vers elle.

J'entendis le Roi Rigenos soupirer de satisfaction.

— Ils sont maintenant condamnés, les chiens, dit-il.

2

« LE CHAMPION EST VENU ! »

ILS avaient préparé un fourreau pour l'épée. Il avait été fabriqué plusieurs jours auparavant. Le Roi Rigenos partit le chercher, me laissant seul avec sa fille.

Maintenant que j'étais ici, je ne pensais pas à demander comment j'étais venu, ni pourquoi cela avait été possible. A ce qu'il semblait, elle non plus ne se posait pas la question. J'étais ici, cela paraissait inéluctable.

Nous nous regardâmes en silence jusqu'à ce que le Roi revînt avec le fourreau.

— Ceci nous protégera du poison de votre épée, dit-il.

Il me l'offrit et j'hésitai un instant avant de tendre la main pour l'accepter.

Le Roi fronça les sourcils et baissa les yeux au sol. Puis il se croisa les bras sur la poitrine.

Je pris le fourreau à deux mains. Il était opaque, comme du verre usé, mais le métal m'était inconnu — ou du moins, inconnu de John Daker. Il était léger, flexible et solide.

Je me tournai et pris l'épée. La poignée en était bordée de fil d'or et vibrait dans ma main. Le pommeau était un globe d'onyx sombre, et la garde était incrustée de bandes d'argent et d'onyx noir. La lame était longue, droite et tranchante, mais elle ne brillait pas comme l'acier. Par sa couleur, au contraire, on aurait dit du plomb. Cette épée était magnifiquement équili-

16

brée ; je la fis tourner dans l'air en riant, et il me sembla qu'elle riait avec moi.

— Erekosë ! Mettez-la au fourreau ! s'écria le Roi Rigenos, alarmé. Mettez-la au fourreau ! Sa radiation est mortelle pour tous sauf pour vous !

Il me répugnait à présent de ranger l'épée. A son contact, un vague souvenir s'éveillait...

— Erekosë ! S'il vous plaît ! Je vous en supplie ! » La voix de Iolinda fit écho à celle de son père.

A contrecœur, je glissai l'épée dans son fourreau. Pourquoi étais-je le seul à pouvoir porter cette épée sans être affecté par sa radiation ?

Etait-ce parce que, durant ce passage de ma propre époque à celle-ci, j'étais devenu par certain côté constitutionnellement différent ? Etait-ce parce que l'ancien Erekosë et le John Daker encore à naître (ou était-ce l'inverse ?) avaient des métabolismes qui s'étaient adaptés, de façon à se protéger du pouvoir émanant de l'épée ?

Je haussai les épaules. Cela n'avait aucune importance. Le fait se suffisait à lui-même. Cela ne me regardait pas. C'était comme si je m'étais rendu compte que, dans une large mesure, mon destin ne m'appartenait plus. J'étais devenu un instrument...

Si j'avais su alors à quel usage cet instrument servirait, peut-être aurais-je combattu cette attirance et serais-je resté John Daker, l'inoffensif intellectuel. Mais peut-être me serais-je battu en vain. Le pouvoir qui m'avait attiré dans cette époque était très grand.

En tout état de cause, j'étais prêt en cet instant à faire tout ce que le Destin exigerait de moi. Debout, là où je m'étais matérialisé, dans la Tombe d'Erekosë, je me grisai de ma force et de mon épée.

Plus tard, les choses allaient changer.

— Il me faudra des vêtements, dis-je, car j'étais nu. Et une armure. Et un destrier. Je suis Erekosë.

— Des vêtements ont été préparés », dit le Roi Rigenos. Il frappa dans ses mains. « Voici. »

Les esclaves entrèrent. L'un apportait une robe de cérémonie, un autre un manteau, le troisième un linge blanc dont je supposai qu'il servait de sous-vêtement. Ils en enveloppèrent la partie inférieure de mon corps et m'enfilèrent la robe par la tête. Elle était ample, fraîche et agréable au toucher. Bleu sombre, elle était piquée de fils or, argent et écarlates qui formaient des motifs compliqués. Le manteau était écarlate, orné de dessins or, argent et bleu. On me donna des bottes de daim souple à mettre à mes pieds, et une large ceinture de cuir marron clair, avec une boucle de fer incrustée de rubis et de saphirs, à laquelle j'accrochai mon fourreau. Puis je saisis mon épée de la main gauche.

— Je suis prêt, dis-je.

Iolinda frissonna.

— Alors, quittons cet endroit de ténèbres, murmura-t-elle.

Avec un dernier regard à l'estrade sur laquelle reposait toujours le tas de poussière, je sortis de ma propre tombe, accompagné du Roi et de la Princesse de Nécranal, et arrivai à l'extérieur ; le jour était calme et, bien que l'air fût tiède, il soufflait une brise légère. Nous nous trouvions sur une petite colline. Derrière nous, la tombe, apparemment faite de quartz noir, avait l'air usée par le temps, ancienne, grêlée par le passage de nombreux orages et de nombreux vents. Sur le toit se dressait la statue corrodée d'un guerrier monté sur un grand cheval de bataille. La poussière et la pluie avaient lissé les traits de son visage, mais je le reconnus. C'était mon visage.

Je détournai les yeux.

En contrebas, une caravane attendait. Les chevaux en étaient richement caparaçonnés, et les hommes d'escorte étaient vêtus de cette même armure dorée que j'avais vue dans mes rêves. Ces guerriers-ci, cependant, paraissaient plus frais que les autres.

Leurs armures étaient cannelées, agrémentées de motifs en bosse, surchargés et magnifiques, mais, selon mes quelques lectures et les souvenirs d'Erekosë qui se réveillaient, totalement inadaptées au combat. Le cannelage et le bosselage formaient des pièges où venait se fixer la pointe d'une lance ou d'une épée, alors qu'une armure doit être conçue pour la détourner. Ces armures, en dépit de toute leur beauté, représentaient plus un surcroît de danger qu'une protection.

Les gardes montaient de lourds chevaux de combat, mais les bêtes qui nous attendaient, agenouillées, ressemblaient à des chameaux chez lesquels aurait été effacée, par croisements successifs, toute la laideur pataude de l'espèce. Ces animaux étaient magnifiques. On avait placé sur leur haute échine des cabines d'ébène, d'ivoire et de nacre dont les rideaux de soie scintillaient.

Nous descendîmes la colline, et tout en marchant je remarquai que j'avais toujours au doigt l'anneau que je portais quand j'étais John Daker. Un anneau d'argent tressé dont ma femme m'avait fait cadeau... Ma femme... Je ne me rappelais plus son visage. Je sentais que j'aurais dû laisser l'anneau en partant — sur cet autre corps. Mais peut-être n'avais-je pas d'autre corps.

Nous approchions des bêtes baraquées, et les gardes se redressèrent, prêts pour notre arrivée. Je vis de la curiosité dans nombre d'yeux qui me regardaient.

Le Roi Rigenos monta l'un des animaux.

— Voulez-vous prendre votre cabine, Champion ?

C'était lui qui m'avait adressé la parole, mais il paraissait quelque peu sur ses gardes avec moi.

— Merci.

J'escaladai la petite échelle de soie tressée et entrai dans la cabine. Elle était entièrement garnie d'épais coussins de toutes teintes.

Les chameaux se mirent debout et s'engagèrent à vive allure dans une étroite vallée dont les côtés étaient bordés d'arbres à feuilles persistantes sur lesquels je ne pus mettre un nom — on aurait dit des araucarias rameux, mais avec plus de branches et des feuilles plus larges.

J'avais posé mon épée en travers de mes genoux. Je

l'inspectai. C'était une honnête épée de soldat, sans marques sur la lame. Quand je la pris, la poignée se logea parfaitement dans ma main droite. C'était une bonne épée. Mais j'ignorais pourquoi elle était toxique pour les autres humains. Je présumai qu'elle était également mortelle pour ceux que le Roi Rigenos appelait les Chiens du Mal — les Xénans.

Nous voyageâmes tout au long de cette douce journée et je sommeillais sur mes coussins, étrangement las, quand j'entendis un cri ; repoussant les rideaux de ma cabine, je regardai en avant de la caravane.

Devant moi se dressait Nécranal : la cité que j'avais vue dans mes rêves.

Lointaine encore, elle s'élevait si haut qu'elle cachait entièrement de sa merveilleuse architecture la montagne sur laquelle elle était bâtie. Minarets, clochers, dômes et remparts brillaient sous le soleil, et au-dessus se dressait, impressionnant, l'énorme palais des rois guerriers, noble édifice aux tours multiples, le Palais aux Dix Mille Fenêtres. Je m'en rappelais le nom.

Je vis le Roi Rigenos jeter un coup d'œil hors de sa cabine et crier : « Katorn ! Va en avant et dis au peuple qu'Erekosë le Champion est venu repousser les Mauvais jusqu'aux Montagnes de la Douleur ! »

L'homme à qui il s'adressait était un individu à la mine renfrognée. Sans doute le Capitaine de la Garde Impériale. « Bien, sire », grogna-t-il.

Il fit sortir son cheval du rang et partit au galop sur la poussière blanche de la route qui, maintenant, serpentait le long d'une descente. La route courait sur plusieurs milles avant d'arriver à Nécranal. J'observai le cavalier pendant un moment, mais finis par m'en lasser et préférai tenter de distinguer des détails dans la grande masse de la cité.

Les villes de Londres, New York ou Tokyo couvraient probablement plus de surface, mais pas beaucoup plus. Nécranal s'étendait sur plusieurs milles autour de la base de la montagne. Une haute enceinte

20

entourait la cité, garnie de tourelles disposées à intervalles réguliers.

Ainsi nous finîmes par arriver à la grande Porte Principale de Nécranal, et notre caravane s'arrêta.

Un instrument de musique résonna et les portes s'ouvrirent. Nous les franchîmes et entrâmes dans les rues où se pressaient des gens qui se bousculaient et applaudissaient, en criant si fort que je dus par moments me boucher les oreilles de peur qu'elles n'éclatent.

3

LA MENACE DES XENANS

PUIS les acclamations décrurent à mesure que la petite caravane gravissait la route sinueuse qui menait au Palais aux Dix Mille Fenêtres. Le silence tomba et je n'entendis plus que le grincement du howdah où j'étais assis, et de temps à autre le cliquetis d'un harnais ou le claquement d'un sabot. Je commençai à me sentir mal à l'aise. Quelque chose dans l'humeur de cette cité n'était pas parfaitement sain, et les explications banales ne suffisaient pas à dissiper cette impression. Bien sûr, ces gens avaient peur d'une attaque ennemie ; bien sûr, ils étaient las de se battre. Mais il me semblait que cette humeur avait quelque chose de morbide — un mélange de gaieté hystérique et de dépression mélancolique que je n'avais ressenti qu'une fois dans ma vie antérieure, en visitant un hôpital psychiatrique...

Mais peut-être ne faisais-je que projeter ma propre humeur sur ce qui m'entourait. Après tout, on pouvait bien dire que je me trouvais dans une position paranoschizophrénique classique ! Un homme avec deux identités bien définies, ou plus, et projeté dans un monde où on le considérait comme le sauveur potentiel de l'humanité ! Un instant, je me demandai si je n'étais pas réellement devenu fou — si tout ceci n'était pas une monstrueuse illusion — si *en réalité* je n'étais pas précisément dans cette maison de fous que j'avais visitée un jour !

Je touchai les tentures, mon épée au fourreau ; je

scrutai la vaste cité qui s'étendait à présent à mes pieds ; je contemplai la masse du Palais aux Dix Mille Fenêtres au-dessus de moi. Je tentai de voir au-delà de tout cela, supposant délibérément que c'était une illusion, et m'attendant à voir les murs d'une chambre d'hôpital, ou même les murs familiers de mon appartement. Mais le Palais aux Dix Mille Fenêtres ne perdit rien de sa solidité. La cité de Nécranal n'avait aucun des caractères d'un mirage. Je me laissai retomber contre les coussins. Il me fallait admettre que tout ceci était réel, que j'avais été transporté par quelque moyen à travers les époques et l'espace jusqu'à cette Terre ignorée de tous les livres d'histoire que j'avais pu lire (et j'en avais lu beaucoup), et dont on ne trouvait des échos que dans les mythes et les légendes.

Je n'étais plus John Daker. J'étais Erekosë — le Champion Eternel. J'étais moi-même une légende — devenue vivante.

Je ris alors. Si j'étais fou — alors c'était une folie superbe. Une folie que je ne me serais jamais cru capable d'inventer !

Enfin notre caravane parvint au sommet de la montagne ; les portes du palais, incrustées de joyaux, s'ouvrirent devant nous et nous pénétrâmes dans une cour splendide agrémentée d'arbres et de fontaines qui alimentaient de petites rivières enjambées de ponts ornementaux. Des poissons nageaient dans les rivières, des oiseaux chantaient dans les arbres, des pages s'avançaient pour faire agenouiller nos bêtes, et nous sortîmes dans la lumière du soir.

Le Roi Rigenos sourit fièrement en montrant la grande cour d'un geste large.

— Est-elle à votre goût, Erekosë ? Je l'ai fait bâtir moi-même peu après être monté sur le trône. Jusque-là, c'était un endroit lugubre — elle n'allait pas avec le reste du palais.

— Elle est tout à fait magnifique », dis-je. Et me tournant vers Iolinda qui nous avait rejoints : « Et ce n'est pas la seule chose magnifique que vous ayez contribué à créer — car voici l'ornement le plus magnifique de votre palais ! »

Le Roi Rigenos eut un petit rire. « Vous êtes un courtisan autant qu'un guerrier, à ce que je vois. »

Il nous prit, Iolinda et moi, par le bras et nous fit traverser la cour. « Bien sûr, je n'ai guère de temps en ces jours pour songer à la création de la beauté. Ce sont des armes que nous devons créer maintenant. Au lieu de faire des plans de jardins, je dois faire des plans de bataille. » Il soupira. « Peut-être chasserez-vous les Xénans pour toujours, Erekosë. Peut-être pourrons-nous, lorsqu'ils auront disparu, jouir à nouveau des choses paisibles de la vie... »

En cet instant, j'éprouvai de la peine pour lui. Il ne désirait que ce que tout homme désire — être libre de toute peur, avoir une chance d'élever des enfants avec une certitude raisonnable qu'on les laissera faire de même, envisager l'avenir avec plaisir sans redouter une soudaine violence qui réduirait ces plans à néant. Après tout, son monde n'était pas si différent de celui que j'avais quitté si récemment.

Je posai la main sur l'épaule du souverain. « Espérons-le, Roi Rigenos, dis-je. Je ferai ce que je pourrai. »

Il s'éclaircit la gorge. « Et ce sera beaucoup, Champion. Je sais que ce sera beaucoup. Nous nous débarrasserons bientôt de la menace des Xénans ! »

Nous entrâmes dans une salle fraîche aux murs revêtus d'argent battu, sur lesquels étaient tendues des tapisseries. La salle était immense mais plaisante ; on y voyait un large escalier dont descendait une armée d'esclaves, de serviteurs et de suivants de toutes sortes. Ils se mirent en rang au fond de la pièce et s'agenouillèrent pour saluer le souverain.

— Voici le Seigneur Erekosë, leur dit le Roi Rigenos. C'est un grand guerrier, et mon hôte honoré. Traitez-le comme vous me traiteriez — obéissez-lui comme vous m'obéiriez. Tout ce qu'il désire lui sera dû.

A mon embarras, l'assemblée tomba à nouveau à genoux et dit d'une seule voix : « Salut, Seigneur Erekosë. »

J'étendis les mains. Ils se levèrent. Je commençais à considérer ce genre de comportement comme normal. Il ne faisait pas de doute qu'une partie de moi-même y était habituée.

— Je ne vous accablerai pas de cérémonies ce soir, dit Rigenos. Si vous désirez vous rafraîchir dans les appartements que nous vous avons réservés, nous viendrons vous voir plus tard.

— Très bien », dis-je. Je me tournai vers Iolinda et tendis la main pour prendre la sienne. Elle me la donna après une courte hésitation et je la baisai. « Je me réjouis d'avance de vous revoir tous deux dans peu de temps », murmurai-je en plongeant mon regard dans ses yeux merveilleux. Elle baissa les paupières et retira sa main, et je laissai les serviteurs m'escorter par l'escalier jusqu'à mes appartements.

Vingt grandes pièces m'avaient été réservées. Assez grandes pour une suite de quelque dix esclaves et domestiques, elles étaient pour la plupart meublées de façon extravagante, avec une recherche dans le luxe que, me semblait-il, les gens du vingtième siècle avaient oubliée. « Opulent » était le mot qui venait tout de suite à l'esprit pour les décrire. A peine faisais-je un geste qu'un esclave m'enlevait mon manteau, ou me versait un verre d'eau, ou encore arrangeait les coussins d'un divan. Cependant, j'étais encore un peu mal à l'aise, et ce me fut un soulagement, en explorant les appartements, de tomber sur des pièces plus austères. C'étaient des salles de guerriers, aux murs garnis d'armes, sans coussins ni soieries ni fourrures, mais pourvues de bancs solides, d'épées et de masses d'armes de fer et d'acier, de lances sabotées de cuivre et de flèches aiguisées comme des rasoirs.

Je demeurai quelque temps dans les chambres aux armes, puis m'en allai manger. Mes esclaves m'apportèrent de la nourriture et du vin, et je me rassasiai de bon cœur.

Quand j'eus fini, je me sentis comme si j'avais dormi longtemps et m'étais éveillé plein de vigueur. Je me remis à déambuler à travers les pièces, poussant plus loin mon exploration, m'intéressant plus aux armes qu'au mobilier qui aurait enchanté même le sybarite le plus blasé. Je sortis sur un des nombreux balcons couverts et contemplai la grande cité de Nécranal, tandis que le soleil se couchait et que des ombres profondes commençaient à envahir les rues.

Au loin, le ciel était plein de couleurs fuligineuses. On y voyait des pourpres, des orange, des jaunes et des bleus, et ces couleurs se reflétaient sur les dômes et les clochers, si bien que la cité semblait prendre une texture plus douce, comme un tableau au pastel.

Les ombres devinrent plus noires. Le soleil se coucha et macula d'écarlate les dômes les plus hauts, puis la nuit tomba et du feu jaillit soudain le long des lointaines murailles de Nécranal, les flammes jaune et rouge bondissant vers le ciel à quelques mètres les unes des autres et illuminant une grande partie de la cité à l'intérieur des murs. Des lumières apparurent derrière des fenêtres et j'entendis les cris des oiseaux de nuit et le bruit des insectes. Je me tournai pour rentrer et je vis que mes serviteurs m'avaient allumé des lampes. L'atmosphère s'était refroidie, mais j'hésitai sur le balcon et décidai de rester où j'étais, perdu dans mes réflexions sur mon étrange situation, et essayant de déterminer la nature exacte des périls qu'affrontait l'Humanité.

Il y eut un bruit derrière moi. Je me retournai pour regarder dans mes appartements et vis entrer le Roi Rigenos. Le maussade Katorn, Capitaine de la Garde Impériale, l'accompagnait. Au lieu d'un casque, il portait maintenant un bandeau de platine autour du crâne, et au lieu d'une cuirasse, un justaucorps estampé d'un motif d'or, mais l'absence d'armure ne parvenait pas à lui donner un air plus avenant. Le Roi Rigenos était emmitouflé dans un manteau de fourrure blanche et portait toujours sa couronne de fer incrustée de diamants et garnie de pointes. Les deux hommes me rejoignirent sur le balcon.

— Vous vous sentez reposé, j'espère, Erekosë ? s'enquit le Roi Rigenos, presque avec inquiétude, comme s'il s'était attendu à ce que j'eusse disparu en son absence.

— Je me sens très bien, merci, Roi Rigenos.

— Bien. » Il hésita.

— Le temps est précieux, grogna Katorn.

— Oui, Katorn. Oui, je sais. » Le Roi Rigenos me regarda, peut-être avec l'espoir que je saurais déjà ce qu'il voulait me dire ; mais je ne savais rien et ne pus que lui retourner son regard, en attendant qu'il parle.

— Vous nous pardonnerez, Erekosë, dit Katorn, si nous en venons immédiatement à la Question des Royaumes Humains. Le Roi voudrait vous exposer notre position et ce que nous vous demandons...

— Bien sûr, dis-je. Je suis prêt. » En fait, j'étais très impatient de connaître cette position.

— Nous avons des cartes, dit le Roi Rigenos. Où sont les cartes, Katorn ?

— A l'intérieur, sire.

— Voulez-vous... ?

J'acquiesçai et nous rentrâmes dans mes appartements. Nous traversâmes deux chambres avant d'arriver dans le salon principal où se trouvait une grande table de chêne. Plusieurs des esclaves du Roi Rigenos étaient présents, qui portaient de grands rouleaux de parchemin sous les bras. Katorn choisit plusieurs rouleaux et les étendit, l'un sur l'autre, sur la table. D'un côté, il posa sa lourde dague ; de l'autre, un vase métallique parsemé de rubis et d'émeraudes.

J'observai les cartes avec intérêt. Déjà, je les reconnaissais. J'avais vu quelque chose de semblable en rêve avant d'être appelé ici par les incantations du Roi Rigenos.

Le souverain se penchait à présent sur les cartes et son

long index pâle se déplaçait sur les territoires qu'elles représentaient.

— Comme je vous l'ai déjà dit dans votre... votre tombe, Erekosë, les Xénans tiennent maintenant tout le continent sud. Ils nomment ce continent Mernadin. Là. » Son doigt indiquait une région côtière du continent. « Il y a cinq ans, ils ont repris le seul véritable poste avancé que nous avions en Mernadin. Ici. Leur ancien port maritime de Paphanaal. Il y eut peu de combats.

— Vos forces se sont enfuies ? demandai-je.

Katorn intervint à nouveau. « J'avoue qu'avec le temps, nous en étions venus à nous reposer sur nos lauriers. Quand ils ont fondu sur nous des Montagnes de la Douleur, nous avons été pris au dépourvu. Ils devaient rassembler leurs maudites armées depuis des années et nous n'en savions rien. Comment aurions-nous connu leurs plans ? Ils s'aident de sorcellerie et pas nous !

— La plupart de vos colonies ont pu être évacuées, je suppose ? glissai-je.

Katorn haussa les épaules. « Il n'a pas été nécessaire d'organiser une grande évacuation. Mernadin était pratiquement inhabité : les êtres humains refusaient de vivre sur une terre polluée par la présence des Chiens du Mal. Ce continent est maudit. Habité par des démons venus de l'Enfer. »

Je me frottai le menton et demandai innocemment : « Pourquoi avoir repoussé les Xénans jusqu'aux montagnes si vous n'aviez pas besoin de leurs territoires ?

— Tant qu'ils avaient le contrôle de cette terre, ils constituaient une menace constante pour l'Humanité !

— Je vois. » Je fis un petit geste de la main droite. « Pardonnez-moi pour cette interruption. Je vous en prie, continuez.

— Une menace constante... commença Katorn.

— Cette menace est de nouveau toute proche », coupa le Roi. Sa voix était embarrassée et tremblante. Ses yeux se remplirent soudain de peur et de haine. « A tout instant, nous nous attendons à ce qu'ils lancent une attaque sur les Deux Continents — sur Zavara et Nécralala !

— Savez-vous quand ils projettent de déclencher cette invasion ? m'enquis-je. Combien de temps avons-nous pour nous préparer ?

— Ils attaqueront ! » Les yeux sombres de Katorn s'animèrent. La mince barbe qui encadrait son visage pâle sembla se hérisser.

— Ils attaqueront, acquiesça le Roi Rigenos. Ils se seraient déjà répandus dans tout le pays si nous ne leur faisions pas une guerre constante.

— Nous devons les maintenir où ils sont, ajouta Katorn. S'ils ouvrent une brèche, ils nous engloutiront !

Le Roi Rigenos soupira. « Cependant, l'Humanité est lasse des batailles. Il nous fallait l'une de ces deux choses (ou idéalement les deux à la fois) : de nouveaux guerriers pour chasser les Xénans, ou un chef pour redonner espoir aux guerriers que nous avons.

— Et vous ne pouvez entraîner de nouveaux guerriers ? demandai-je.

La gorge de Katorn émit un son bref et guttural. Je supposai que c'était un rire. « Impossible ! Toute l'Humanité combat déjà la menace des Xénans ! »

Le roi approuva. « C'est pourquoi je vous ai appelé, Erekosë — sûr d'être un fou désespéré qui veut croire à un mirage... »

A ces mots, Katorn se détourna. Apparemment, c'était ce qu'il avait pensé en secret — que le Roi était devenu fou de désespoir. En me matérialisant, j'avais probablement détruit sa théorie et, d'une certaine façon, stimulé son agressivité, même si je n'étais pour rien dans la décision du Roi.

Celui-ci redressa les épaules : « Je vous ai appelé. Et je vous ai fait tenir votre serment. »

Je n'avais connaissance d'aucun serment. J'étais surpris.

— Quel serment ? dis-je.

Ce fut au tour du Roi d'avoir l'air étonné.

— Eh bien, mais le serment que si les Xénans venaient à dominer à nouveau Mernadin, vous viendriez décider du sort de la guerre entre eux et l'Humanité.

— Je vois. » Je fis signe à un esclave de m'apporter une coupe de vin, et je la bus à petites gorgées tout en contemplant la carte. En tant que John Daker, ce que je voyais était une guerre absurde entre deux factions féroces, animées d'une haine aveugle, qui paraissaient mener l'une et l'autre et l'une contre l'autre un *jihad* racial. Mais je savais clairement à qui allait ma loyauté. J'appartenais au genre humain et je devais employer toute ma puissance à aider à défendre ma race. Il fallait sauver l'Humanité.

— Et les Xénans ? » Je regardai le Roi Rigenos. « Que disent-ils ?

— Que voulez-vous dire ? gronda Katorn. A vous entendre, on dirait que vous ne croyez pas notre roi...

— Je ne mets pas vos paroles en doute, lui dis-je. Je désire connaître les termes exacts qu'emploient les Xénans pour justifier leur guerre contre nous. J'aurais besoin d'avoir une idée plus claire de leurs ambitions.

Katorn haussa les épaules. « Ils nous extermineraient, dit-il. N'est-ce pas tout ce qu'il y a à savoir ?

— Non, dis-je. Vous avez dû faire des prisonniers. Que vous disent-ils ? » J'écartai les mains. « Comment les chefs xénans ont-ils justifié leur guerre contre l'Humanité ? »

Le Roi Rigenos sourit d'un air protecteur.

— Vous avez oublié beaucoup de choses, Erekosë, si vous avez oublié les Xénans. Ils ne sont pas humains. Ils sont habiles. Ils sont froids et leur langue est douce et fourbe et donnerait aisément à un homme une trompeuse impression de sécurité, avant qu'ils ne lui arrachent le cœur à crocs nus. Ils sont néanmoins braves, je dois le leur accorder. Ils préfèrent mourir sous la torture plutôt que nous dire la véritable nature de leurs plans. Ils sont rusés. Ils essayent de nous faire croire leurs discours de paix, de confiance mutuelle et d'entraide, en espérant que nous abaisserons nos défenses assez longtemps pour qu'ils puissent se retourner contre nous et nous détruire, ou qu'ils nous amèneront à les regarder en face pour qu'ils puissent nous jeter le mauvais œil. Ne soyez pas naïf, Ekekosë. N'essayez pas de traiter avec un Xénan comme avec un humain, car dans ce cas, vous seriez perdu. Ils n'ont pas d'âme, au sens où nous entendons ce mot. Ils ne connaissent pas l'amour, ils n'ont qu'une froide loyauté à leur cause et à leur maître Azmobaana. Prenez bien conscience de ceci, Erekosë — les Xénans sont des démons. Ce sont des diables à qui Azmobaana, en un affreux blasphème, a accordé quelque chose qui ressemble à l'apparence humaine. Mais vous ne devez pas vous laisser aveugler par l'apparence. Ce qui se trouve à l'intérieur d'un Xénan n'est *pas* humain — c'est en fait tout ce qui est inhumain...

Le visage de Katorn se tordit.

— On ne peut pas faire confiance à un loup xénan. Ils sont pleins de traîtrise, ils sont immoraux et mauvais. Nous ne serons pas en sécurité tant que toute leur race n'aura pas été détruite. Totalement détruite — au point que pas un fragment de leur chair, pas la moindre goutte de leur sang, pas une esquille de leurs os, pas un seul de leurs cheveux ne reste pour vicier la Terre. Et je parle au sens littéral, Erekosë, car tant qu'une seule rognure d'ongle d'un Xénan survivra dans notre monde, le risque existera qu'Azmobaana puisse recréer ses serviteurs et se remettre à nous attaquer. Cette engeance démoniaque doit être brûlée et réduite en la cendre la plus fine — chaque mâle, chaque femelle et chaque petit. Brûlée — puis jetée aux vents, aux vents sains. Voilà notre mission, Erekosë. La mission de l'Humanité. Et, pour cette mission, nous avons la bénédiction des Justes.

A ce moment j'entendis une autre voix, plus douce, et je tournai le regard vers la porte. C'était Iolinda.

— Vous devez nous conduire à la victoire, Erekosë, dit-elle d'un ton vibrant de sincérité. Ce que dit Katorn est vrai — quelle que soit la violence de son exposé.

Les faits sont tels qu'il vous les présente. Vous devez nous conduire à la victoire.

A nouveau, je la regardai dans les yeux. Je pris une profonde inspiration, et j'eus l'impression que mon visage devenait dur et froid.

— Je vous conduirai, dis-je.

4

IOLINDA

LE lendemain matin, je m'éveillai en entendant les esclaves qui préparaient mon petit déjeuner. Mais étaient-ce bien les esclaves ? N'était-ce pas ma femme qui se déplaçait dans la chambre, se préparant à réveiller le petit comme tous les matins ?

J'ouvris les yeux, sûr que j'allais la voir.

Ce n'était pas elle. Non plus que la chambre de l'appartement où j'avais vécu quand j'étais John Daker.

Non plus que les esclaves.

A la place, je vis Iolinda. Elle me souriait tout en préparant mon petit déjeuner de ses propres mains.

Un instant, je me sentis coupable, comme si, d'obscure façon, j'avais trahi ma femme. Puis je pris conscience qu'il n'y avait rien dont je puisse avoir honte. J'étais la victime du Destin — victime de forces que je ne pouvais espérer comprendre. Je n'étais pas John Daker. J'étais Erekosë. Je me rendis compte qu'il valait mieux pour moi garder cela à l'esprit. Un homme partagé entre deux identités est un homme malade. Je résolus d'oublier John Daker le plus vite possible. Puisque j'étais à présent Erekosë, je devais me concentrer sur cette seule identité. Et accepter la fatalité.

Iolinda me présenta une coupe de fruits. « Désirez-vous manger, Seigneur Erekosë ? »

Je choisis un fruit étrange et mou à la peau d'un jaune rougeâtre. Elle me tendit un petit couteau. J'essayai de peler le fruit mais comme il m'était inconnu, je ne savais pas bien par où commencer. Elle me le prit doucement des mains et se mit au travail, assise au bord du lit bas, et concentrée, à mon avis un peu exagérément, sur l'objet qu'elle tenait.

Enfin le fruit fut pelé ; elle le coupa en quartiers, le plaça sur une assiette et me la tendit, évitant toujours mes yeux, mais souriant un peu mystérieusement en regardant autour d'elle. Je pris un morceau de fruit et mordis dedans. C'était fort et doux à la fois, très rafraîchissant.

— Merci, dis-je. C'est bon. Je n'y avais encore jamais goûté.

— Jamais ? » Elle avait vraiment l'air surprise. « Mais l'*ecrex* est le fruit le plus courant de Nécralala.

— Vous oubliez que je suis étranger à Nécralala, lui fis-je remarquer.

Elle pencha la tête de côté et me regarda, les sourcils légèrement froncés. Elle repoussa le fin tissu bleu qui couvrait ses cheveux dorés et arrangea sa robe, du même bleu, avec une grande attention. Elle paraissait vraiment perplexe.

— Un étranger…, murmura-t-elle.

— Un étranger, acquiesçai-je.

— Mais (elle hésita), mais vous êtes le grand héros de l'Humanité, Seigneur Erekosë. Vous avez connu Nécranal au temps de sa plus grande gloire — à l'époque où vous régniez ici sous le titre de Champion. Vous avez connu la Terre des temps anciens, et vous l'avez libérée des chaînes où l'avaient enserrée les Xénans. Vous en savez plus sur ce monde que moi, Erekosë.

Je haussai les épaules.

— J'admets que beaucoup de choses me sont familières — et de plus en plus. Mais jusqu'à hier, mon nom était John Daker, je vivais dans une ville très différente de Nécranal et je ne faisais pas le métier de guerrier, ni, d'ailleurs, quoi que ce soit d'approchant. Je ne nie pas être Erekosë — ce nom m'est familier et je le porte avec aisance. Mais pas plus que vous, je ne sais *qui* était Erekosë. C'était un grand héros des temps anciens qui,

34

avant de mourir, jura qu'il reviendrait trancher la querelle entre Xénans et Humains s'il en était besoin. Il fut placé dans une tombe plutôt lugubre à flanc de colline, accompagné de son épée que lui seul pouvait manier...

— L'Epée Kanajana, murmura Iolinda.

— Elle a donc un nom ?

— Oui : Kanajana. Ce... c'est plus qu'un nom, je crois. C'est une espèce de description mystique — une description de sa nature exacte — des pouvoirs qu'elle renferme.

— Et y a-t-il une quelconque légende qui explique que je sois le seul à pouvoir porter cette épée ?

— Il en existe plusieurs, dit-elle.

— Laquelle préférez-vous ? m'enquis-je en souriant.

Alors, pour la première fois de la matinée, elle me regarda en face ; elle baissa la voix et dit :

— Celle que je préfère, c'est celle qui dit que vous êtes le fils élu du Juste, du Très-Grand — que votre épée est une épée des Dieux et que vous pouvez la manier parce que vous êtes un Dieu — un Immortel.

Je ris.

— Vous n'y croyez tout de même pas ?

Elle baissa les yeux.

— Si vous me dites que cela n'est pas vrai, alors je dois vous croire, dit-elle. Bien sûr.

— J'avoue que je me sens en extrêmement bonne santé, lui dis-je. Mais de là à ressentir ce que doit ressentir un Dieu...! D'ailleurs, je crois que je le saurais, si j'étais un Dieu. Je connaîtrais d'autres Dieux. Je séjournerais là où séjournent les Dieux. Je compterais des Déesses parmi mes amies...

Je m'interrompis. Elle semblait troublée. Je posai la main sur son épaule et ajoutai doucement :

— Mais peut-être avez-vous raison. Je suis peut-être un Dieu — car j'ai certes le privilège de connaître une Déesse.

Elle repoussa ma main d'un mouvement d'épaule.

— Vous vous moquez de moi, mon seigneur.

35

— Non. Je le jure.

Elle se leva.

— Je dois paraître ridicule à un grand seigneur tel que vous. Pardonnez-moi de vous avoir fait perdre votre temps avec mon bavardage.

— Vous ne m'avez pas fait perdre mon temps, protestai-je. En fait, vous m'avez aidé.

Ses lèvres s'entrouvrirent.

— Aidé ?

— Oui. Vous avez en partie comblé les lacunes de mes antécédents un peu particuliers. Je ne me rappelle toujours pas mon passé sous le nom d'Erekosë, mais au moins j'en sais autant sur ce passé que n'importe qui ici. Ce qui n'est pas un désavantage !

— Peut-être votre sommeil séculaire a-t-il effacé les souvenirs de votre esprit, dit-elle.

— Peut-être, acquiesçai-je. Ou peut-être y a-t-il eu tant d'autres souvenirs durant ce sommeil — de nouvelles expériences, d'autres vies...

— Que voulez-vous dire ?

— Eh bien, j'ai l'impression que j'ai été d'autres personnes encore que John Daker et Erekosë. D'autres noms apparaissent dans mon esprit — des noms étranges dans des langues inconnues. J'ai l'idée vague — et peut-être stupide — que pendant que je dormais sous le nom d'Erekosë, mon esprit a pris d'autres apparences et d'autres noms. Peut-être cet esprit ne peut-il pas dormir, mais doit-il toujours être en activité... » Je m'interrompis. Je m'enfonçais loin dans le royaume de la métaphysique — et la métaphysique n'avait jamais été mon fort. En fait, je me considérais comme un pragmatique. Je m'étais toujours moqué de notions telles que la réincarnation — je m'en moquais encore, à vrai dire, malgré les preuves que j'en avais.

Mais Iolinda me pressa d'explorer encore cette spéculation apparemment sans objet. « Continuez, dit-elle. S'il vous plaît, poursuivez, Seigneur Erekosë. »

N'eût-ce été que pour garder un peu plus longtemps la superbe jeune femme à mes côtés, je fis comme elle me le demandait.

— Eh bien, dis-je, tandis que votre père et vous tentiez de m'amener ici, j'ai cru me rappeler d'autres vies que celle-ci, sous le nom d'Erekosë, ou que la précédente, sous le nom de John Daker. Je me rappelais, très vaguement, d'autres civilisations — sans pouvoir vous dire si elles existaient dans le passé ou dans l'avenir. A vrai dire, les notions de passé et d'avenir me semblent dépourvues de signification, maintenant. Je ne sais absolument pas, par exemple, si la civilisation présente se trouve dans le « futur » de John Daker ou dans son « passé ». Elle est ici. Je suis ici. J'aurai à faire certaines choses. C'est tout ce que je puis dire.

— Mais ces autres incarnations, dit-elle. Que savez-vous d'elles ?

Je haussai les épaules.

— Rien. Je suis en train d'essayer de décrire une sensation vague, pas une impression exacte. Quelques noms que j'ai maintenant oubliés. Quelques images qui ont presque complètement disparu comme disparaissent les rêves. Et peut-être n'étaient-ce que des rêves. Peut-être que ma vie de John Daker, qui elle-même commence à s'effacer de ma mémoire, n'était que cela, un rêve. Je suis sûr de ne connaître aucun des agents surnaturels dont votre père et Katorn ont parlé. Je ne connais pas d'« Azmobaana », ni de Juste ou de Très-Grand, non plus d'ailleurs que des démons, ni des anges. Je sais seulement que je suis un homme et que j'existe.

Elle avait le visage grave.

— Cela est vrai. Vous êtes un homme. Vous existez. Je vous ai vu vous matérialiser.

— Mais d'où venais-je ?

— Des Autres Régions, dit-elle. Du lieu où vont tous les grands guerriers quand ils meurent — et où les rejoignent leurs femmes — pour y vivre dans le bonheur éternel.

Une fois encore, j'eus un sourire, mais je le réprimai

bien vite car je ne désirais pas offenser ses croyances. Je ne me souvenais pas d'un tel lieu.

— Je ne me rappelle que des conflits. Si j'ai été loin d'ici, ce n'est pas dans quelque pays du bonheur éternel — c'est dans plusieurs pays — des pays de la guerre éternelle.

Soudain, je me sentis abattu et las. « La guerre éternelle », répétai-je, et je soupirai.

Son regard s'emplit de compassion.

— Pensez-vous que ce soit votre destin — de combattre à jamais les ennemis de l'Humanité ?

Je fronçai les sourcils.

— Pas tout à fait — car il me semble me rappeler des occasions où je n'étais pas humain, pas au sens où vous entendriez le mot. Si mon esprit a habité de nombreuses formes, alors il lui est arrivé d'habiter des formes qui étaient... différentes.

Je rejetai cette pensée. Elle était trop difficile à saisir, trop effrayante à supporter.

Iolinda était troublée. Elle se leva et me décocha un regard d'incompréhension.

— Pas... pas un...

Je souris.

— Un Xénan ? Je ne sais pas. Mais je ne le crois pas, car ce nom ne m'est pas familier à cet égard.

Elle fut soulagée.

— Il est si difficile de faire confiance... dit-elle tristement.

— De faire confiance à quoi ? Aux mots ?

— De faire confiance à quoi que ce soit, dit-elle. Autrefois je croyais comprendre le monde. Peut-être étais-je trop jeune. Maintenant je ne comprends plus rien. Je ne sais même pas si je serai vivante l'année prochaine.

— On peut, je crois, décrire cela comme une crainte commune à nous autres mortels, dis-je doucement.

— Nous autres mortels ? » Son sourire était dépourvu d'humour. « Vous n'êtes pas mortel, Erekosë ! »

Je n'y avais pas encore réfléchi. Après tout, j'étais apparu à l'existence par magie ! Je ris.

— Nous saurons bientôt si je le suis ou non, dis-je, quand nous affronterons les Xénans sur le champ de bataille !

Un petit gémissement monta de ses lèvres.

— Oh ! s'écria-t-elle. C'est tout réfléchi ! » Elle se dirigea vers la porte. « Vous *êtes* immortel, Erekosë ! Vous *êtes* invulnérable ! Vous *êtes* éternel ! Vous êtes la seule chose dont je puisse être sûre. La seule personne en qui je puisse avoir confiance ! Ne plaisantez pas ainsi ! Ne plaisantez pas ainsi, je vous en supplie !

Je fus surpris de cet éclat. J'aurais voulu me lever du lit et la prendre dans mes bras pour la réconforter, mais j'étais nu. Bien sûr, elle m'avait déjà vu une fois nu, à mon arrivée, quand je m'étais matérialisé dans la tombe d'Erekosë, mais je ne connaissais pas assez bien les mœurs de ces gens pour deviner si cela la choquerait ou non.

— Pardonnez-moi, Iolinda, dis-je. Je ne m'étais pas rendu compte...

De quoi ne m'étais-je pas rendu compte ? De la fragilité de la pauvre jeune femme ? Ou de quelque chose de plus profond ?

— Ne partez pas, implorai-je.

Elle s'arrêta près de la porte et se retourna ; ses yeux immenses s'étaient agrandis et des larmes y brillaient.

— Vous êtes éternel, Erekosë. Vous êtes immortel. Vous ne pouvez pas mourir, jamais !

Je ne pus répondre.

Pour ce que j'en savais, je pouvais très bien mourir lors de notre première rencontre avec les Xénans.

Soudain, je pris conscience de ma responsabilité. Non seulement envers cette femme superbe, mais envers toute la race humaine. Je déglutis avec difficulté et me laissai retomber sur mes oreillers, tandis que Iolinda s'enfuyait de la chambre.

Etais-je capable de porter un tel fardeau ?

Avais-je envie de le porter ?

39

Non. Je n'avais pas grande foi en mes pouvoirs et il n'y avait aucune raison de les croire plus efficaces que ceux, disons, de Katorn. Après tout, il avait bien plus d'expérience que moi en matière de guerre. Il était fondé à m'en vouloir. Je lui avais pris sa place, volé son autorité et une responsabilité qu'il avait été prêt à endosser — et je n'avais pas fait mes preuves. Soudain, je voyais le point de vue de Katorn et je sympathisais avec lui.

Quel droit avais-je de conduire l'Humanité à une guerre qui pouvait décider de son existence même ?

Aucun.

Puis une autre pensée me vint — une pensée où je m'apitoyais plus sur moi-même.

Quel droit avait l'Humanité d'attendre autant de moi ?

Ils m'avaient, disons, éveillé d'un repos que j'avais gagné, alors que je menais la vie tranquille, convenable de John Daker. Et maintenant, ils m'imposaient leur volonté et exigeaient que je restaure leur propre confiance en eux-mêmes et — oui — le sentiment de leur bon droit, qu'ils étaient en train de perdre.

Je restai allongé dans le lit, et pendant un moment je détestai le Roi Rigenos, Katorn et le reste de la race humaine — y compris la belle Iolinda, qui avait fait surgir cette question dans mon esprit.

Erekosë le Champion, le Défenseur de l'Humanité, le Plus Grand des Guerriers, pleurnichait dans son lit et s'apitoyait sur son propre sort.

5

KATORN

JE finis par me lever et revêtis une tunique simple, après que mes esclaves — à mon grand embarras — m'eurent lavé et rasé. Je me rendis dans les salles d'armes et décrochai mon épée de la patère où elle était suspendue, dans son fourreau.

Je dégainai la lame et à nouveau une sorte d'exultation m'envahit. J'oubliai d'un coup mes scrupules et mes remords de conscience, et je ris tandis que l'épée tournoyait en sifflant autour de ma tête et que mes muscles jouaient sous son poids.

Je feintai avec l'épée et j'eus l'impression qu'elle faisait partie de mon corps, qu'elle était un membre supplémentaire dont j'avais jusque-là ignoré l'existence. Je poussai une botte à fond, ramenai l'épée et la rabattis d'un mouvement tournant. La manier me remplissait de joie !

Elle me changeait en quelque chose de plus grand que je ne m'étais jamais senti. Elle faisait de moi un homme. Un guerrier. Un champion.

Et pourtant, à l'époque où j'étais John Daker, je n'avais manié une épée que deux fois peut-être dans ma vie — et très maladroitement, d'après des amis qui se disaient experts.

Finalement, et à contrecœur, je rengainai en voyant un esclave attendre en hésitant à quelque distance. Je me rappelai que seul moi, Erekosë, pouvais tenir l'épée sans mourir.

— Qu'y a-t-il ? dis-je.

— Le Seigneur Katorn, maître. Il désire vous parler.
Je raccrochai l'épée à sa patère.

— Dis-lui d'entrer, ordonnai-je à l'esclave.

Katorn entra rapidement. Apparemment, il attendait
depuis quelque temps et n'était pas de meilleure humeur
que lors de notre première rencontre. Ses bottes, qui
semblaient ferrées, résonnaient bruyamment sur le
dallage de la chambre aux armes.

— Bonjour à vous, Seigneur Erekosë, dit-il.
Je m'inclinai.

— Bonjour, Seigneur Katorn. Je m'excuse si vous
avez dû attendre. J'étais en train d'éprouver cette épée...

— L'Epée Kanajana...
Katorn la regarda d'un air méditatif.

— L'Epée Kanajana, dis-je. Désirez-vous manger ou
boire quelque chose, Seigneur Katorn ? » Je faisais des
efforts pour lui être agréable — pas seulement parce
qu'il ne ferait pas bon avoir pour ennemi un guerrier
aussi expérimenté alors que se préparaient des plans de
bataille, mais parce que, je l'ai dit, j'en étais arrivé à
compatir à sa situation.

Mais Katorn refusait de s'adoucir.

— J'ai déjeuné à l'aube, dit-il. Je suis venu discuter
de questions plus pressantes que la nourriture, Seigneur
Erekosë.

— Et quelles sont-elles ? Vaillamment, je bridai ma
propre irritation.

— Des questions militaires, Seigneur Erekosë. Quoi
d'autre ?

— Effectivement. Et que souhaiteriez-vous plus particulièrement discuter avec moi, Seigneur Katorn ?

— Il me semble que nous devrions attaquer les
Xénans avant qu'ils ne frappent.

— L'attaque étant la meilleure forme de défense,
n'est-ce pas ?

Mon propos eut l'air de le surprendre. Visiblement, il
n'avait encore jamais entendu l'expression. « Voilà qui

est dit de manière éloquente, mon seigneur. On pourrait croire que vous êtes un Xénan vous-même, avec cette façon d'utiliser les mots... » Il mettait délibérément mon sang-froid à l'épreuve. Mais je laissai passer l'insinuation.

— Donc, dis-je, nous les attaquons. Où ?

— C'est ce que nous devons déterminer avec tous ceux qui sont concernés par l'organisation de cette guerre. Mais je crois qu'il y a un endroit évident.

— Et c'est ?

Il pivota sur ses talons et se dirigea à grands pas vers une autre salle, d'où il revint avec une carte qu'il étendit sur un banc. C'était une carte du troisième continent, celui que les Xénans contrôlaient entièrement, Mernadin. Il planta sa dague sur un endroit que j'avais vu indiquer la veille au soir.

— Paphanaal, dis-je.

— C'est le point logique pour une première attaque dans le type de campagne que nous projetons, et il me paraît improbable que les Xénans prévoient un mouvement aussi téméraire, sachant que nous sommes éprouvés et trop peu nombreux...

— Mais si nous sommes fatigués et faibles, dis-je, ne serait-ce pas une bonne idée d'attaquer d'abord une cité de moindre importance ?

— Vous oubliez, mon seigneur, que votre venue a redonné du cœur à nos guerriers, dit sèchement Katorn.

Je ne pus m'empêcher de sourire de cette pointe. Mais Katorn se renfrogna, fâché que je ne me sois pas offensé.

— Nous devons apprendre à travailler ensemble, mon seigneur Katorn, dis-je calmement. Je m'incline devant votre grande expérience de chef de guerre. Je reconnais que la connaissance des Xénans que vous avez accumulée ces derniers temps est bien supérieure à la mienne. J'ai besoin de votre aide sûrement autant que le Roi Rigenos croit avoir besoin de la mienne.

Ces paroles parurent quelque peu rasséréner Katorn. Il s'éclaircit la gorge et reprit :

— Une fois Paphanaal prise, la province *et* la cité, nous posséderons une tête de pont pour lancer d'autres attaques à l'intérieur des terres. Nous pourrons décider de notre propre stratégie — prendre l'initiative de l'action plutôt que réagir à la stratégie des Xénans. Une fois que nous les aurons repoussés dans les montagnes, nous aurons la tâche fastidieuse de les éliminer tous. Cela prendra des années. C'est par là que nous aurions dû commencer. Toutefois, ce sera un problème à régler par l'administration miliaire ordinaire, et qui ne nous concernera pas directement.

— Et quels types de défense possède Paphanaal ? demandai-je.

Katorn esquissa un sourire. « Elle dépend presque entièrement de ses navires de guerre. Si nous pouvons détruire sa flotte, alors Paphanaal sera pratiquement prise. » Ce que je supposai être son sourire s'élargit, découvrant sa denture. Puis il me regarda, son visage reflétant soudain la suspicion, comme s'il m'en avait trop révélé.

Je ne pouvais pas feindre de ne pas avoir vu son expression.

— Qu'avez-vous à l'esprit, Seigneur Katorn ? m'enquis-je. Ne me faites-vous pas confiance ?

Il composa son visage.

— Je suis bien obligé, dit-il carrément. Nous sommes tous obligés de vous faire confiance, Seigneur Erekosë. N'êtes-vous pas revenu pour accomplir votre ancienne promesse ?

Je scrutai son visage avec attention.

— Y croyez-vous ?

— Je dois le croire.

— Croyez-vous que je suis Erekosë le Champion, qui est revenu ?

— Je dois croire cela aussi.

— Vous le croyez parce que vous supposez que si je ne suis pas Erekosë — l'Erekosë des légendes —, la race humaine est condamnée ?

Il baissa la tête comme pour acquiescer.

44

— Et si je ne suis pas Erekosë, mon seigneur ?

Katorn releva les yeux.

— Vous devez être Erekosë, mon seigneur. N'était une chose, je soupçonnerais...

— Que soupçonneriez-vous ?

— Rien.

— Vous me soupçonneriez d'être un Xénan déguisé. Est-ce cela, Seigneur Katorn ? Quelque non-humain rusé qui aurait pris l'apparence extérieure d'un homme ? Lis-je correctement vos pensées, mon seigneur ?

— Trop correctement. » Les épais sourcils de Katorn se froncèrent et sa bouche était mince et pâle. « On dit que les Xénans ont le pouvoir de sonder les esprits — mais les êtres humains n'ont pas ce pouvoir...

— Et avez-vous peur, alors, Seigneur Katorn ?

— D'un Xénan ? Par le Juste, je vais vous montrer... » et sa forte main se précipita sur la poignée de son épée.

Je levai moi-même la main et désignai l'épée suspendue dans son fourreau à la patère du mur.

— Mais voici le seul fait qui ne cadre pas avec votre théorie, n'est-ce pas ? Si je ne suis pas Erekosë, comment se fait-il que je puisse manier l'épée d'Erekosë ?

Il ne dégaina pas, mais il ne lâcha pas la poignée.

— Il est exact, n'est-ce pas ? qu'aucune créature vivante — humain ou Xénan — ne peut toucher cette épée sans mourir, dis-je tranquillement.

— C'est ce que dit la légende, acquiesça-t-il.

— La légende ?

— Je n'ai jamais vu de Xénan essayer de manier l'Epée Kanajana...

— Mais vous devez admettre que c'est vrai. Sinon...

— Sinon, il y a peu d'espoir pour l'humanité. » Les mots lui arrachaient les lèvres.

— Très bien, Seigneur Katorn. Vous admettrez donc que je suis Erekosë, appelé par le Roi Rigenos pour conduire l'Humanité à la victoire.

— Je n'ai pas d'autre choix.

45

— Bien. Et il y a quelque chose que, moi aussi, je dois admettre de mon côté, Seigneur Katorn.

— Vous ? Et quoi ?

— Je dois partir du principe que vous œuvrerez avec moi dans cette entreprise. Qu'on n'ourdira pas de complots dans mon dos, qu'on ne me cachera pas de renseignements qui pourraient s'avérer vitaux, que vous ne chercherez pas à vous faire des alliés contre moi dans nos propres rangs. Voyez-vous, Seigneur Katorn, ce pourraient être vos soupçons qui fassent échouer nos plans. Un homme jaloux et rancunier envers son chef est susceptible de faire plus de mal que n'importe quel ennemi...

Il hocha la tête et redressa les épaules ; sa main s'éloigna de son épée.

— J'avais réfléchi à cette question, mon seigneur. Je ne suis pas un idiot.

— Je sais, Seigneur Katorn. Si vous en étiez un, je n'aurais pas pris la peine d'avoir cette conversation avec vous.

Sa langue fit saillie dans sa joue tandis qu'il tournait et retournait cette affirmation dans son esprit. Finalement, il dit :

— Et vous non plus n'êtes pas un imbécile, Seigneur Erekosë.

— Merci. Je n'imaginais pas que vous puissiez porter ce jugement sur moi...

— Hmph. » Il ôta son casque et passa ses doigts dans ses cheveux épais. Il réfléchissait toujours.

J'attendis qu'il ajoutât quelque chose, mais à cet instant il replaça fermement son casque sur sa tête, s'introduisit le pouce dans la bouche et se cura une dent du bout de l'ongle. Il retira son pouce et l'observa intensément pendant un moment. Puis il regarda la carte et murmura : « Eh bien, au moins, nous sommes arrivés à une entente. Comme cela, il sera plus facile de mener cette guerre puante. »

Je hochai la tête. « Bien plus facile, je pense. »

Il renifla.

— Que vaut notre propre flotte ? lui demandai-je.

— Elle est encore bonne. Pas aussi importante qu'autrefois, mais nous remédions à cela aussi. Nos chantiers navals fonctionnent jour et nuit pour construire des vaisseaux de guerre plus grands et plus nombreux. Et dans les forges de tout le pays, nous fabriquons des canons puissants pour les armer.

— Et les hommes pour les manœuvrer ?

— Nous recrutons tous ceux que nous pouvons. On emploie même des femmes pour certaines tâches — et des gamins. On vous l'a dit, Seigneur Erekosë, et c'était vrai : l'Humanité *tout entière* combat les guerriers xénans.

Je ne dis rien, mais je commençais à admirer le courage de ce peuple. J'étais moins indécis quant au bien-fondé de mes actions. Les gens de ce temps et de ce lieu étranges où je me trouvais ne se battaient ni plus ni moins que pour la survie de leur espèce.

Mais une autre idée me vint alors. Ne pouvait-on en dire autant des Xénans ?

Je repoussai cette pensée.

Au moins Katorn et moi avions-nous ceci en commun : nous refusions d'entrer dans des spéculations d'ordre moral ou sentimental. Nous avions une tâche à accomplir. Nous avions accepté la responsabilité de cette tâche. Nous devions la remplir au mieux de nos capacités.

6

PRÉPARATIFS DE GUERRE

Et je parlai avec des généraux et des amiraux. Nous nous plongeâmes dans l'étude des cartes et discutâmes tactique, logistique, hommes, animaux et navires disponibles, pendant que les flottes s'assemblaient et que des hommes parcouraient les Deux Continents pour trouver des guerriers, depuis des garçonnets de dix ans jusqu'à des hommes de cinquante ans ou plus, depuis des fillettes de douze ans jusqu'à des femmes de soixante. Toutes et tous furent réunis sous la double bannière de l'Humanité arborant les armes de Zavara et de Nécralala sous les étendards de leur roi, Rigenos, et de leur champion de guerre, Erekosë.

Au fil des jours, nous mîmes au point le plan de la grande invasion, par terre et par mer, du port principal de Mernadin, Paphanaal, et de la province alentour, qu'on appelait également Paphanaal.

Quand je ne conférais pas avec les commandants des armées de terre et de la marine, je m'exerçais aux armes et à la monte, jusqu'à devenir adroit en ces arts.

Ce n'était pas tant une question d'*apprentissage* que de *souvenir*. De même que le contact de mon étrange épée, la sensation d'un cheval entre mes jambes m'était familière. De même que j'avais toujours su que mon nom était Erekosë (ce qui, m'avait-on dit, signifiait Celui Qui Est Toujours Là dans une ancienne langue de l'Humanité qui n'avait plus cours), j'avais toujours su comment tendre la corde d'un arc et tirer une flèche sur une cible en passant à côté, monté sur un cheval au galop.

Mais Iolinda, elle, ne m'était pas familière de cette façon. Même si une part de moi semblait capable de voyager à travers le temps et l'espace et de revêtir de nombreuses incarnations, il était clair que je ne repassais pas par les mêmes incarnations. Je n'étais pas en train de revivre un épisode de ma vie, j'étais seulement redevenu la même personne, faisant des choses différentes, ou du moins c'est ce qu'il me semblait. Dans ces conditions, j'avais un sentiment de libre arbitre. Je n'avais pas l'impression que mon sort était fixé à l'avance. Mais peut-être l'était-il. Peut-être suis-je trop optimiste. Peut-être suis-je un idiot, après tout, et Katorn se trompait-il en portant son jugement sur moi. L'Idiot Eternel...

En tout cas, j'étais prêt à faire des idioties pour Iolinda. Sa beauté était presque insupportable. Mais avec elle je ne pouvais pas être un idiot. C'était un héros qu'elle voulait — un Immortel — et rien de moins. Aussi je devais jouer au héros pour elle, pour la rassurer — et tant pis pour les attitudes qui me conviennent le mieux, et qui sont sacrément désinvoltes. Parfois, à vrai dire, j'avais plutôt l'impression d'être son père que son amant potentiel, et avec mes idées des motivations humaines — venues en droite ligne de ce vingtième siècle qui avait toujours des réponses toutes prêtes —, je me demandais si je n'étais vraiment rien de plus qu'un substitut au père solide qu'elle aurait voulu trouver en Rigenos.

Je crois qu'elle le méprisait secrètement de n'être pas plus héroïque, mais j'avais de la compassion pour le vieil homme (vieux ? J'y pense — c'est moi le plus vieux — infiniment plus — mais laissons cela...), car Rigenos portait une grande responsabilité, et la portait rudement bien, autant que je pusse m'en rendre compte. Après tout, c'était un homme qui aimait mieux concevoir de plaisants jardins que des batailles. Ce n'était pas sa faute s'il était né roi, et dépourvu d'un héritier mâle à qui, s'il avait eu plus de chance, il aurait pu transférer sa responsabilité. J'avais entendu dire qu'il se débrouillait bien au combat et ne renâclait devant aucune responsabilité. Le Roi Rigenos était fait pour une vie plus douce, peut-être — malgré la grande violence que pouvait lui inspirer sa haine des Xénans. Il me fallait être le héros qu'il se sentait incapable d'être. J'acceptais cela. Mais j'étais beaucoup moins disposé à être le père qu'il n'arrivait pas non plus à être. Je voulais une relation beaucoup plus saine avec Iolinda ou bien, me disais-je, pas de relation du tout !

Je ne suis pas certain d'avoir eu le choix. J'étais hypnotisé. Je l'aurais probablement acceptée à n'importe quelle condition.

Nous passions ensemble tout le temps dont nous pouvions disposer, chaque fois que je pouvais abandonner les militaires et mon entraînement guerrier. Nous nous promenions bras dessus bras dessous dans les balcons fermés qui couvraient les façades du Palais aux Dix Mille Fenêtres comme une plante grimpante, enroulés de haut en bas autour du grand palais, et contenant une grande variété de fleurs, de buissons et d'oiseaux, certains en cage et d'autres libres, qui voletaient au milieu des frondaisons de ces couloirs en spirale, se perchaient parmi les sarments et les branches des arbustes et chantaient pour nous sur notre passage. J'appris que c'était encore une idée du Roi Rigenos pour agrémenter les balcons.

Mais cela s'était passé avant la venue des Xénans.

Lentement approchait le jour où les flottes s'assembleraient et feraient voile vers le lointain continent où régnaient les Xénans. J'avais été impatient d'affronter les Xénans, mais à présent je répugnais de plus en plus à partir — car cela m'entraînerait loin de Iolinda et mon désir d'elle croissait presque autant que mon amour pour elle.

Je voyais bien que, jour après jour, la société humaine était de moins en moins ouverte, et de plus en plus contrainte par des restrictions déplaisantes et inutiles, mais il n'était pas encore mal vu pour des amants non mariés de coucher ensemble, du moment qu'ils étaient d'un égal niveau social. Cette découverte me soulagea grandement. Il me semblait qu'un Immortel — ce qu'on me disait être — et une princesse allaient parfaitement ensemble. Mais ce n'étaient pas les conventions sociales qui entravaient mes ambitions — c'était Iolinda elle-même. Et c'est là une chose dont la plus grande liberté — ou « licence » ou « permissivité », ou tout autre mot familier aux vieilles barbes — ne peut venir à bout. Le vingtième siècle (vous qui lisez ceci, saurez-vous ce que veulent dire ces deux mots stupides ?) admet que si on se débarrasse des lois créées par l'homme en matière de « morale » — particulièrement de morale sexuelle —, une immense partouze universelle commencera. C'est oublier que les gens ne sont attirés, d'une façon générale, que par peu de leurs semblables, et ne tombent amoureux que d'un ou deux d'entre eux dans toute leur vie. Et il peut y avoir encore bien des raisons pour qu'ils ne puissent pas faire l'amour, même si leur amour est solide.

Avec Iolinda, j'hésitais parce que, je l'ai dit, je ne tenais pas à être un simple substitut de son père — et elle, de son côté, hésitait parce qu'elle avait besoin d'être absolument sûre qu'elle pouvait me « faire confiance ». John Daker aurait parlé d'attitude névrotique. Peut-être, mais d'un autre côté, était-ce un symptôme de névrose, pour une jeune fille relativement normale, que d'avoir un sentiment un peu bizarre face à quelqu'un qu'elle a vu récemment se matérialiser dans l'air ?

Mais laissons cela. Tout ce que je puis dire, c'est qu'à ce moment nous étions profondément amoureux l'un de l'autre et que pourtant nous n'avons pas couché ensemble — n'évoquant même pas la question, qui souvent me brûlait les lèvres...

Ce qui se passa, étrangement, c'est que mon désir se mit à décroître. Mon amour pour Iolinda demeura

51

toujours aussi fort — sinon plus — qu'avant, mais je ne ressentais pas un grand besoin de l'exprimer sur un plan physique. Cela ne me ressemblait pas. Ou, devrais-je dire, cela ne ressemblait pas à John Daker !

Cependant, alors que le jour du départ approchait, je commençai à ressentir le besoin de manifester mon amour d'une façon ou d'une autre et, un soir que nous nous promenions dans les balcons, je m'arrêtai, mis ma main sous ses cheveux, lui caressai la nuque et tournai doucement son visage vers moi.

Elle me regarda d'un air tendre et me sourit. Ses lèvres rouges s'entrouvrirent et elle ne bougea pas la tête quand j'approchai mes lèvres et l'embrassai doucement. Mon cœur bondit. Je la tenais contre moi, et je sentais ses seins monter et descendre contre ma poitrine. Je soulevai sa main et la plaçai sur mon visage tout en contemplant sa beauté. J'enfonçai mes doigts dans ses cheveux et savourai son haleine douce et chaude quand nous nous embrassâmes à nouveau. Elle referma ses doigts sur les miens et ouvrit les yeux, et son regard était heureux — véritablement heureux pour la première fois. Nous nous écartâmes l'un de l'autre.

Sa respiration était à présent bien moins régulière et elle commença à murmurer quelque chose, mais je la coupai. Elle attendit en souriant que je parle, avec un mélange de fierté et de tendresse.

— Quand je reviendrai, dis-je doucement, nous nous marierons.

Un instant, elle eut l'air surpris, puis elle prit conscience de ce que j'avais dit — la signification de ce que j'avais dit. J'essayais de lui dire qu'elle pouvait me faire confiance. C'était la seule façon que j'avais trouvée de le faire. Peut-être un réflexe de John Daker, je n'en sais rien.

Elle hocha la tête en retirant d'un de ses doigts une bague en or merveilleusement ouvragée, sertie de perles et de diamants roses. Elle l'enfila à mon petit doigt.

— En signe de mon amour, dit-elle. En acceptation de votre offre de mariage. Un charme, peut-être, pour

52

vous porter chance dans vos combats. Quelque chose qui vous rappelle mon existence quand vous serez tenté par toutes ces inhumaines beautés xénannes... » Elle sourit à ces derniers mots.

— Cette bague, dis-je, sert à beaucoup de choses.

— Autant que vous le désirez, répondit-elle.

— Merci.

— Je vous aime, Erekosë, dit-elle avec simplicité.

— Je vous aime, Iolinda. » Je me tus, puis ajoutai : « Mais je suis un amoureux bien grossier, n'est-ce pas ? Je n'ai pas de gage d'amour à vous donner. Je suis embarrassé ; j'ai un peu le sentiment de ne pas être à la hauteur...

— Votre parole suffit, dit-elle. Jurez que vous me reviendrez.

Une seconde, je la regardai, interloqué. Bien sûr que je reviendrai auprès d'elle.

— Jurez-le, dit-elle.

— Je le jure. Il n'est pas question...

— Jurez-le encore.

— Je le jurerai mille fois si une ne suffit pas. Je le jure. Je jure de revenir auprès de vous, Iolinda, mon amour, ma joie...

— Bien. » Elle avait l'air convaincue.

Des bruits de pas pressés nous parvinrent du balcon, et nous vîmes un esclave que je reconnus comme un des miens se précipiter vers nous.

— Ah, maître, vous voici. Le Roi Rigenos m'a demandé de vous amener à lui.

Il était tard.

— Et que veut le Roi Rigenos ? demandai-je.

— Il ne l'a pas dit, maître.

Je souris à Iolinda et glissai son bras sous le mien.

— Très bien. Nous arrivons.

7

L'ARMURE D'EREKOSË

L'ESCLAVE nous conduisit à mes appartements. Ils étaient vides, à l'exception de ma suite.

— Mais où est le Roi Rigenos ? demandai-je.

— Il a dit d'attendre ici, maître.

A nouveau, je souris à Iolinda. Elle me sourit elle aussi. « Très bien, dis-je. Nous attendrons. »

Ce ne fut pas long. Bientôt des esclaves entrèrent. Ils transportaient de volumineuses pièces de métal enveloppées dans du parchemin huilé, et ils se mirent à les entasser dans la salle d'armes. Je les observai avec une expression aussi neutre que possible, mais j'étais très intrigué.

Enfin le Roi Rigenos arriva. Il semblait plus excité que d'habitude, et cette fois, Katorn n'était pas avec lui.

— Bonjour, Père, dit Iolinda. Je...

Mais le Roi Rigenos leva la main et se tourna pour s'adresser aux esclaves. « Défaites les emballages, dit-il. Dépêchez-vous. »

— Roi Rigenos, dis-je. J'aimerais vous dire que...

— Pardonnez-moi, Seigneur Erekosë. Regardez d'abord ce que j'ai apporté. Cela reposait depuis des siècles dans les caves du palais... à vous attendre, Erekosë... à vous attendre !

— M'attendre... ?

Alors on arracha le parchemin huilé qui se recroquevilla en tas sur le dallage, révélant ce qui fut pour moi une vision magnifique.

54

— Ceci, dit le roi, est l'armure d'Erekosë. Arrachée à sa tombe de pierre, loin en dessous des cachots les plus profonds du palais, pour qu'Erekosë puisse la porter à nouveau.

L'armure était noire et brillante. On aurait dit qu'elle avait été forgée le jour même, et par le plus grand forgeron de l'histoire, car elle était d'un travail exquis.

Je ramassai le plastron et le caressai.

A la différence de l'armure que portait la Garde Impériale, celle-ci était lisse, sans aucun ornement en relief. Les pièces d'épaule étaient rainurées et se déployaient vers le haut, loin de la tête de celui qui portait l'armure, de façon à détourner les coups d'épée, de hache ou de lance. Le heaume, les plastrons, les jambières et le reste étaient tous rainurés de la même manière.

Le métal était léger, mais très solide, comme celui de l'épée. Mais le vernis qui le recouvrait brillait avec éclat — presque au point d'en être éblouissant. Dans sa simplicité, l'armure était véritablement magnifique — magnifique comme seul peut l'être le produit de l'art le plus consommé. Son unique ornement était un épais plumet de crin écarlate qui jaillissait de la crête du heaume et retombait en cascade le long de ses côtés lisses. Je touchai l'armure avec le respect qu'on peut avoir pour une œuvre d'art. Dans ce cas, c'était une œuvre d'art destinée à protéger ma vie et mon respect n'en était que plus grand !

— Merci, Roi Rigenos, dis-je, et ma reconnaissance n'était pas feinte. Je la mettrai le jour où nous partirons affronter les Xénans.

— Ce sera demain, dit tranquillement le Roi Rigenos.

— Quoi ?

— Le dernier de nos navires est arrivé. Le dernier membre d'équipage est à bord. Le dernier canon a été placé sur son affût. Nous aurons une bonne marée demain et nous ne pouvons la manquer.

Je lui lançai un coup d'œil. Avais-je été désinformé ?

Katorn avait-il persuadé le Roi de me laisser ignorer le moment exact du départ ? Mais le visage du souverain ne révélait aucun signe de machination. Je rejetai cette idée et acceptai ce qu'il avait dit. Je tournai mon regard sur Iolinda. Elle paraissait accablée.

— Demain... dit-elle.

— Demain, confirma le Roi Rigenos.

Je me mordis la lèvre inférieure. « Alors je dois me préparer... »

Elle dit : « Père... »

Il la regarda. « Oui, Iolinda ? »

Je m'apprêtai à parler, puis hésitai. Elle me jeta un coup d'œil et ne dit rien non plus. Ce n'était pas facile à dire, et soudain, c'était comme si nous devions garder secret notre amour, notre pacte. Nous ne savions ni l'un ni l'autre pourquoi.

Avec tact, le roi s'éloigna. « Je discuterai des questions de dernière minute avec vous plus tard, Seigneur Erekosë. »

Je m'inclinai. Il partit.

Quelque peu étourdis, Iolinda et moi nous regardâmes dans les yeux, puis nous tombâmes dans les bras l'un de l'autre en pleurant.

John Daker n'aurait pas écrit cela. Il se serait moqué de ces sentiments, de même qu'il se serait gaussé de quiconque prend au sérieux les arts de la guerre. John Daker n'aurait pas écrit ceci, mais moi, je dois le faire :

Je commençai à ressentir une exaltation grandissante à l'idée de la guerre prochaine. Ma vieille humeur exubérante m'envahissait de nouveau. Au-delà de mon exaltation, il y avait mon amour pour Iolinda. Un amour plus calme, plus pur et bien plus satisfaisant qu'un amour de rencontre, simplement charnel. C'était une chose à part. Peut-être cet amour chevaleresque que les Pairs de la Chrétienté, dit-on, plaçaient au-dessus de tout autre.

John Daker aurait parlé de refoulement sexuel et des épées comme substituts au rapport sexuel, et caetera.

Peut-être aurait-il eu raison. Mais je n'en avais pas

l'impression, malgré tous les arguments rationalistes qui étayaient ce point de vue. Une grande tendance de la race humaine est de considérer les autres époques à travers les conceptions du moment. Les conceptions de cette société étaient subtilement différentes — je n'avais qu'une conscience vague de nombre de ces différences. C'étaient ces conceptions qui conditionnaient mon attitude envers Iolinda. C'est tout ce que je puis dire. Et les événements à venir allaient aussi se dérouler, je suppose, en fonction de ces conceptions.

Je pris le visage de Iolinda dans mes deux mains, me penchai et baisai son front ; elle me baisa les lèvres et me quitta.

— Vous verrai-je avant de partir ? m'enquis-je alors qu'elle atteignait la porte.

— Oui, dit-elle. Oui, mon amour, si c'est possible.

Je ne ressentis pas de tristesse quand elle fut partie. J'inspectai à nouveau l'armure, puis je descendis à la grande salle où le Roi Rigenos, en compagnie de plusieurs de ses plus grands capitaines, étudiait une vaste carte de Menardin et des eaux qui le séparaient de Necralala.

— Nous partirons d'ici demain matin », me dit Rigenos en indiquant la zone portuaire de Nécranal. La Droona traversait Nécranal avant d'aboutir à la mer et au port de Noonos, où la flotte était rassemblée. « Il doit y avoir un certain cérémonial, j'en ai peur, Erekösë. Divers rites à célébrer. Je crois vous en avoir tracé les grandes lignes.

— Effectivement, dis-je. La cérémonie me paraît plus ardue que la guerre elle-même.

Les capitaines se mirent à rire. Ils étaient quelque peu distants et défiants avec moi, mais ils m'aimaient bien quand même, car j'avais montré (à mon propre étonnement) une capacité naturelle à comprendre la tactique et les autres arts de la guerre.

— Mais les cérémonies sont nécessaires au peuple, dit Rigenos. Pour lui, cela crée une réalité, comprenez-

57

vous ? Ils peuvent ainsi éprouver quelque chose de ce que nous allons faire.

— Nous ? dis-je. Ai-je mal entendu ? J'ai cru que vous sous-entendiez que vous veniez également.

— C'est bien cela, répondit calmement Rigenos. Je l'ai jugé nécessaire.

— Nécessaire ?

— Oui. » Il refusa d'en dire plus — surtout devant ses maréchaux. « Maintenant, continuons. Nous devons tous nous lever très tôt demain matin. »

Tandis que nous discutions ces dernières questions d'ordre, de tactique et de logistique, j'étudiai du mieux que je pus le visage du Roi.

Nul ne s'attendait à ce qu'il partît avec ses armées. Il n'aurait pas perdu la face en restant en arrière, dans sa capitale. Pourtant il avait pris une décision qui le mettrait en position de danger extrême et le condamnerait à des actes pour lesquels il n'avait aucun goût.

Pourquoi en avait-il décidé ainsi ? Pour se prouver qu'il savait se battre ? Il l'avait déjà prouvé. Parce qu'il était jaloux de moi ? Parce qu'il ne me faisait pas entièrement confiance ? Je jetai un coup d'œil à Katorn, mais ne vis sur mon visage aucun signe de satisfaction. C'était simplement le Katorn bourru habituel.

Je faillis hausser les épaules. Faire des spéculations à ce point de cette histoire ne me mènerait nulle part. Le fait est que le Roi, qui n'était plus un homme parfaitement robuste, venait avec nous. Au moins, cela galvaniserait peut-être nos guerriers. Cela aiderait peut-être aussi à contenir les tendances particulières de Katorn.

Enfin, nous nous dispersâmes et chacun alla vaquer à ses affaires. J'allai droit à mon lit et, avant de m'endormir, restai paisiblement allongé, pensant à Iolinda, aux plans de bataille que nous avions préparés et au comportement des Xénans au combat — je n'avais toujours aucune idée claire de leur façon de se battre (à part « traîtreusement et férocement ») ou même de leur apparence (à part qu'ils ressemblaient à « des démons sortis du tréfonds des Enfers »).

Je savais en tout cas que j'aurai bientôt certaines réponses. Peu de temps après, je m'endormis.

Cette nuit d'avant notre départ pour Mernadin, je fis des rêves étranges.

Je vis des tours, des marais et des lacs, des armées et des lances qui crachaient le feu, des machines volantes en métal dont les ailes battaient comme celles d'oiseaux gigantesques. Je vis des flamants monstrueusement grands, d'étranges heaumes qui ressemblaient à des masques à l'aspect de gueules de bêtes...

Je vis des dragons — d'énormes reptiles au venin ardent, qui traversaient à tire-d'aile des cieux sombres et menaçants. Je vis une cité magnifique s'écrouler dans les flammes. Je vis des créatures surnaturelles que je savais être des Dieux. Je vis une femme dont j'ignorais le nom, un petit homme roux qui semblait être mon ami. Une épée — une grande épée noire plus puissante que celle que je possédais à présent — une épée qui, étrangement, était peut-être moi !

Je vis un monde de glace sur lequel couraient de grands navires étranges aux voiles ondoyantes et où se mouvaient sur d'infinis plateaux blancs des bêtes noires qui ressemblaient à des baleines.

C'était un monde — ou était-ce un univers? — dépourvu d'horizon et rempli d'une riche atmosphère, comme une mosaïque de joyaux, d'où des gens et des objets n'émergeaient que pour disparaître à nouveau. C'était quelque part au-delà de la Terre, j'en étais sûr. Oui — j'étais à bord d'un vaisseau spatial — mais un vaisseau qui ne naviguait pas dans un univers que l'Homme comprenait.

Je vis un désert au milieu duquel j'avançais en trébuchant et en pleurant, et où j'étais seul — plus seul qu'aucun homme n'avait jamais été.

Je vis une jungle — une jungle d'arbres primitifs et de fougères gigantesques. Et à travers les fougères je vis

59

d'énormes édifices bizarres, et j'avais à la main une arme qui n'était ni une épée ni un fusil, mais qui était plus puissante que l'un et l'autre...

Je chevauchai d'étranges bêtes et rencontrai des gens plus étranges encore. Je me déplaçai dans des paysages magnifiques et terrifiants. Je pilotai des machines volantes et des vaisseaux spatiaux ; je conduisis des chars. Je haïs. Je tombai amoureux. Je bâtis des empires et fis crouler des nations ; nombre d'hommes je tuai, nombre de fois je fus tué. Je triomphai ; je fus humilié. Et j'avais beaucoup de noms. Les noms rugissaient dans mon crâne. Trop de noms. Bien trop...

Et la paix n'existait pas. Seul existait le combat.

8

LE DÉPART

JE m'éveillai au matin et mes rêves disparurent ; je demeurai dans une humeur introspective et je ne désirais qu'une seule chose.

Cette chose était un cigare Upmann's Coronas Major.

J'essayai de refouler ce nom. A ma connaissance, John Daker n'avait jamais fumé d'Upmann's. Il n'aurait pas su distinguer un cigare d'un autre ! D'où était sorti ce nom ? Un autre nom me vint à l'esprit — Jeremiah... Et celui-là aussi était vaguement familier.

Je m'assis dans mon lit, reconnus l'endroit où j'étais, et les deux noms se fondirent avec ceux dont j'avais rêvé ; je me levai et pénétrai dans la pièce à côté où des esclaves finissaient de préparer mon bain. J'entrai avec soulagement dans la baignoire et tout en me lavant des pieds à la tête, je me concentrai sur le présent. Pourtant je me sentais encore déprimé, et à nouveau, je me demandai un instant si je n'étais pas fou et si je n'étais pas engagé dans un fantasme schizophrénique compliqué.

Je commençai à me sentir beaucoup mieux quand les esclaves m'apportèrent mon armure. Une fois encore, je m'émerveillai de sa beauté et de la finesse de son travail.

Et à présent le temps était venu de la revêtir. D'abord j'enfilai mes sous-vêtements, puis une sorte de combinaison capitonnée, et enfin l'armure dont j'attachai les courroies. De nouveau, il me fut aisé de trouver les bonnes sangles et les bonnes boucles. C'était comme si j'avais revêtu cette armure chaque matin de ma vie. Elle m'allait parfaitement. Elle était confortable et ne pesait rien, bien qu'elle me couvrît entièrement le corps.

Ensuite, j'allai à grands pas dans la chambre aux armes, décrochai la grande épée qui s'y trouvait suspendue et attachai la ceinture faite de maillons métalliques autour de ma taille ; je fixai à ma hanche gauche le fourreau où était glissée l'épée empoisonnée, secouai le plumet de mon casque et relevai la visière ; j'étais prêt.

Des esclaves m'escortèrent jusqu'à la Grande Salle où les Pairs de l'Humanité s'étaient réunis pour faire leurs derniers adieux à Nécranal.

On avait retiré les tapisseries des murs d'argent battu et à leur place on avait installé des centaines de bannières aux couleurs éclatantes. Il y avait les bannières des Maréchaux, des Capitaines et des Chevaliers, réunis là dans un splendide déploiement, disposés selon leur rang.

On avait placé le trône du Roi sur une estrade érigée pour la circonstance, tendue de tissu vert émeraude, et derrière laquelle se trouvaient les bannières jumelles des Deux Continents. Je pris ma place devant l'estrade, et, tendus, nous attendîmes l'arrivée du Roi. Au cours de leçons antérieures, on m'avait appris les réponses que je devais faire durant la cérémonie à venir.

Enfin, de la galerie en surplomb nous parvinrent des sons éclatants de trompettes et des battements de tambours de guerre, et le Roi entra dans la salle.

Le Roi Rigenos semblait avoir gagné en stature, car il portait une armure complète dorée et un surcot blanc et rouge par-dessus. Sa couronne de fer et de diamants était fixée au sommet de son heaume. Il marcha fièrement jusqu'à l'estrade, monta dessus et s'assit sur son trône, les bras posés le long des accoudoirs du siège.

Nous levâmes la main en signe de salutation :

« Salut, Roi Rigenos ! » rugîmes-nous.

Puis chacun s'agenouilla, moi le premier. Puis, derrière moi, le petit groupe des Maréchaux. Derrière eux, cent Capitaines, et, encore derrière, cinq mille Chevaliers nous imitèrent. Autour de nous, le long des murs, il y avait les nobles âgés, les Dames de la Cour, des hommes d'armes au garde-à-vous, des esclaves et des écuyers, les maires des divers quartiers de la cité et ceux venus des différentes provinces des Deux Continents.

Et tous observaient Rigenos et son Champion, Erekosë.

Le Roi Rigenos se leva de son trône et fit un pas en avant. Je levai les yeux vers lui : son visage était grave et sévère. Jamais je ne lui avais vu un air aussi royal.

Puis je sentis que l'attention des observateurs s'était portée sur moi seul. Moi, Erekosë, Champion de l'Humanité, devais être leur sauveur. Ils le savaient.

Dans ma confiance et mon orgueil, je le savais aussi.

Le Roi Rigenos leva les mains, les écarta devant lui et prit la parole :

— Erekosë le Champion, Maréchaux, Capitaines et Chevaliers de l'Humanité — nous partons en guerre contre un mal inhumain. Ce que nous partons combattre est plus qu'un ennemi avide de conquêtes. C'est une menace qui désire détruire toute notre race. Nous partons sauver nos deux beaux continents de l'annihilation totale. Le vainqueur régnera sur la Terre entière. Le vaincu deviendra poussière et sera oublié — ce sera comme s'il n'avait jamais existé.

« Cette expédition où nous allons nous embarquer sera décisive. Avec Erekosë à notre tête, nous prendrons le port de Paphanaal et la province environnante. Mais ce ne sera que la première étape de nos campagnes.

Le Roi Rigenos marqua une pause, puis se remit à parler dans le silence presque absolu qui pesait sur la Grande Salle.

— D'autres batailles doivent suivre rapidement la première de façon à détruire une fois pour toutes les haïssables Chiens de l'Enfer. Hommes et femmes — enfants, même — doivent périr. Autrefois, nous les avons repoussés jusqu'à leurs terriers des Montagnes de la Douleur, mais cette fois nous ne devons pas laisser survivre leur race. Que seul le souvenir en demeure quelque temps — pour nous rappeler ce qu'est le mal !

Toujours à genoux, je levai les deux mains au-dessus de la tête et serrai les poings.

— Erekosë, dit le Roi Rigenos. Vous qui par le pouvoir de votre volonté éternelle vous êtes fait chair à nouveau et êtes venu à nous en ce temps de besoin, vous serez la puissance avec laquelle nous détruirons les Xénans. Vous serez la faux de l'Humanité, pour faucher de droite et de gauche et couper les Xénans comme des herbes. Vous serez la bêche de l'Humanité, pour les éradiquer où qu'ils aient poussé. Vous serez le feu de l'Humanité pour en brûler les déchets et les transformer en la cendre la plus fine. Vous, Erekosë, serez le vent qui soufflera ces cendres au loin comme si elles n'avaient jamais existé ! Vous détruirez les Xénans !

— *Je détruirai les Xénans !* criai-je, et ma voix résonna à travers la Grande Salle comme la voix d'un Dieu. *Je détruirai les Ennemis de l'Humanité ! Avec l'Epée Kanajana je fondrai sur eux au galop, la vengeance, la haine et la cruauté au cœur et je vaincrai les Xénans !*

Derrière moi monta un cri puissant :

— *NOUS VAINCRONS LES XENANS !*

Alors le Roi releva la tête ; ses yeux brillaient et sa bouche était dure.

— Jurez-le ! dit-il.

Nous étions intoxiqués par l'atmosphère de haine et de rage qui régnait dans la Grande Salle.

— *Nous le jurons !* rugîmes-nous. *Nous détruirons les Xénans !*

A présent, la haine bouillonnait dans les yeux du Roi et marquait sa voix de son fer rouge :

— Allez maintenant, Paladins de l'Humanité. Allez — *anéantissez les ordures xénannes. Nettoyez notre planète de la corruption des Xénans !*

Comme un seul homme, nous nous dressâmes, hurlant nos cris de guerre avant de nous retourner avec précision, sortant au pas de la Grande Salle, puis du

Palais aux Dix Mille Fenêtres, jusqu'au grand jour où les acclamations grandissantes du peuple nous accueillirent.

Mais alors que nous marchions, une question me tourmentait. Où était Iolinda? Pourquoi n'était-elle pas venue me voir? Certes, il y avait eu peu de temps avant la cérémonie, mais j'aurais pensé qu'elle enverrait au moins un message.

Nous descendîmes les rues sinueuses de Nécranal en glorieuse procession; en ce jour de réjouissance, le soleil éclatant brillait sur nos armes et nos armures, et nos drapeaux aux mille riches couleurs flottaient au vent.

Et j'étais à leur tête. Moi, Erekosë, l'Eternel, le Champion. Celui Qui Apporte la Vengeance — j'étais à leur tête. Mes bras étaient levés comme pour célébrer déjà ma victoire. J'étais rempli de fierté. Je savais ce qu'était la Gloire et en savourais le goût. C'était la seule façon de vivre : comme un guerrier, à la tête d'une grande armée, en maniant les armes.

Nous marchions vers le fleuve en contrebas, où les vaisseaux attendaient, prêts à appareiller. Un chant me monta aux lèvres, un chant dans une version archaïque de la langue que je parlais maintenant. Je le chantai et il fut repris par tous les guerriers qui marchaient derrière moi. Des tambours se mirent à battre, des trompettes à sonner et nous réclamâmes à pleine voix le sang, la mort et la grande moisson rouge qui allait s'abattre sur Mernadin.

C'était là notre marche. C'étaient là nos sentiments.

Ne me jugez pas avant que je ne vous en aie dit plus.

Nous atteignîmes l'estuaire où s'étendaient le port et les vaisseaux. Cinquante navires étaient alignés le long des deux quais de part et d'autre du fleuve. Cinquante navires arborant les cinquante étendards de cinquante fiers paladins.

Ceux-là n'étaient que cinquante. La flotte proprement dite nous attendait au port de Noonos. Noonos aux Tours Joelles.

Les gens de Nécranal se pressaient le long des berges. Ils nous acclamaient, encore et encore, nous habituant à leurs voix comme certains s'habituent aux bruits de la mer, et ne les entendent presque plus.

Je regardai les vaisseaux des Paladins. On avait bâti des cabines richement décorées sur leurs ponts, et les voiles ferlées de plusieurs mâts étaient en toile peinte. Déjà des rames glissaient par les sabords et leurs extrémités trempaient dans les eaux paisibles du fleuve. Des hommes robustes, trois par aviron, étaient assis aux bancs de nage. Ces hommes ne semblaient pas être des esclaves, mais des guerriers libres.

A la tête de l'escadre venait l'énorme gabarre de guerre du Roi, un superbe vaisseau. Il avait quatre-vingts paires d'avirons et huit hauts mâts. Ses lisses étaient peintes en rouge, or et noir, ses ponts de bois poli étaient pourpres, ses voiles jaune, bleu sombre et orange, et son énorme figure de proue sculptée, représentant une déesse tenant une épée dans ses deux mains tendues, était écarlate et argent. Décorées et splendides, les cabines de pont brillaient de la nouvelle couche de vernis que l'on avait passée sur les représentations d'anciens héros humains (j'étais du nombre, même si la ressemblance était lointaine...), d'anciennes victoires humaines, d'animaux mythiques, de démons et de Dieux.

M'écartant du corps principal de l'armée qui s'était rangé le long du quai, je me dirigeai vers la passerelle qu'on avait recouverte d'un tapis, la suivis à grands pas et montai à bord du navire. Des marins se précipitèrent pour m'accueillir.

L'un dit : « Votre Excellence, la Princesse Iolinda vous attend dans la Cabine d'Honneur. »

Je me tournai et marquai un temps d'arrêt pour contempler le splendide édifice de la cabine, avec un petit sourire pour les peintures qui me représentaient. Puis je m'approchai et passai une porte relativement basse qui donnait sur une pièce couverte — plancher, murs et plafond — de lourdes tapisseries dans les tons rouge sombre, noir et or. Des lanternes pendaient du plafond, et dans les ombres, vêtue d'une simple robe et d'un fin manteau de couleur sombre, se tenait ma Iolinda.

— Je ne souhaitais pas interrompre les préparatifs de ce matin, dit-elle. Mon père avait dit qu'ils étaient importants, que le temps était compté. Aussi ai-je pensé que vous ne voudriez pas me voir...

Je souris : « Vous ne croyez toujours pas ce que je dis, n'est-ce pas, Iolinda ? Vous ne me faites toujours pas confiance quand je proclame mon amour pour vous, quand je vous dis que je ferais n'importe quoi pour vous ? » Je m'avançai vers elle et la pris dans mes bras. « Je vous aime, Iolinda. Je vous aimerai toujours.

— Et je vous aimerai toujours, Erekosë. Vous vivrez pour toujours, mais...

— Ce n'est pas prouvé du tout, dis-je doucement. Et je ne suis pas du tout invulnérable. J'ai reçu assez d'entailles et de bleus en pratiquant les armes pour m'en rendre compte !

— Vous ne mourrez pas, Erekosë.

— Je serais plus heureux si je partageais votre conviction !

— Ne vous moquez pas de moi, Erekosë. Je ne veux pas être traitée comme une petite fille.

— Je ne me moque pas de vous, Iolinda. Je ne vous traite pas en petite fille. Je ne dis que la vérité. Vous devez voir cette vérité en face. Il le faut.

— Très bien, dit-elle. Je la regarderai en face. Mais j'ai le sentiment que vous ne mourrez pas. Cependant, j'ai de si étranges prémonitions — je sens que quelque chose de pire que la mort pourrait nous advenir.

— Vos craintes sont naturelles, mais sans fondement. La mélancolie n'est point de mise, ma chérie. Voyez la belle armure que je porte, la puissante épée que j'ai au côté, la vaste force que je commande.

— Embrassez-moi, Erekosë.

Je l'embrassai. Je l'embrassai longtemps, puis, brusquement, elle se dégagea de mes bras, courut à la porte et disparut.

Je restai à regarder la porte, hésitant à courir après elle, à la rassurer. Mais je savais que je ne pourrais la rassurer. Ses craintes n'étaient pas vraiment rationnelles — elles reflétaient son sentiment constant d'insécurité. Je me promis de lui prouver plus tard qu'elle était en sécurité. J'apporterais des constantes dans sa vie — des choses en qui elle pourrait avoir confiance.

Des trompettes sonnèrent. Le Roi Rigenos montait à bord.

Quelques instants plus tard, le roi entra dans la cabine, extrayant avec effort sa tête de son heaume couronné. Katorn le suivait, maussade comme toujours.

— Le peuple semble enthousiaste, dis-je. La cérémonie paraît avoir eu l'effet que vous souhaitiez, Roi Rigenos.

Il hocha la tête avec lassitude. Le rituel lui avait visiblement demandé beaucoup d'énergie ; il s'effondra dans un fauteuil qui traînait dans un coin et demanda du vin. « Quand partons-nous, Katorn ?

— Dans le quart d'heure, mon seigneur roi. » Katorn prit la cruche de vin des mains de l'esclave qui l'apportait et en versa une coupe à Rigenos sans m'en offrir.

Le Roi Rigenos agita la main. « Voulez-vous du vin, Seigneur Erekosë ? »

Je refusai courtoisement. « Vous avez bien parlé dans la salle, Roi Rigenos, dis-je. Vous nous avez insufflé une belle soif de sang. »

Katorn renifla. « Espérons qu'elle tienne jusqu'à ce que nous rencontrions l'ennemi, dit-il. Nous avons quelques bleus parmi les soldats de cette expédition. Ce sera le baptême du feu pour une moitié de nos guerriers, qui ne sont que de jeunes garçons. Il y a même quelques femmes dans certains détachements, à ce que je me suis laissé dire.

— Vous êtes pessimiste, Seigneur Katorn, dis-je.

Il grogna. « C'est aussi bien. Toutes ces fanfreluches

et toute cette pompe, c'est parfait pour remonter le moral des civils, mais mieux vaut ne pas vous y laisser prendre vous-même. Vous devriez le savoir, Erekosë. Vous devriez savoir ce qu'est vraiment la guerre. Douleur, peur et mort. Rien d'autre.

— Vous oubliez, dis-je, que le souvenir de mon propre passé est brumeux pour moi.

Katorn renifla et avala son vin d'un trait. Il reposa bruyamment sa coupe et s'éloigna. « Je vais m'occuper du largage des amarres. »

Le roi s'éclaircit la gorge. « Vous et Katorn... commença-t-il, puis il s'interrompit. Vous...

— Nous ne sommes pas amis, dis-je. Je n'aime pas ses manières hargneuses et méfiantes — et lui me soupçonne d'être un imposteur, un traître, une espèce d'espion.

Le Roi Rigenos hocha la tête. « C'est ce qu'il m'a laissé entendre. » Il but une gorgée de vin. « Je lui ai dit que je vous avais vu vous matérialiser de mes propres yeux. Qu'il ne faisait aucun doute que vous étiez Erekosë, qu'il n'y a aucune raison de ne pas vous faire confiance — mais il s'obstine. Pourquoi, d'après vous ? C'est un soldat équilibré et intelligent.

— Il est jaloux, dis-je. Je lui ai pris son autorité.

— Mais il s'accordait, comme nous tous, à dire que nous avions besoin d'un nouveau chef qui inspirerait notre peuple dans ce combat contre les Xénans.

— En principe, peut-être », dis-je. Je haussai les épaules. « Cela n'a pas d'importance. Je crois que nous sommes arrivés à un compromis. »

Le Roi Rigenos était perdu dans ses pensées. « Là encore, murmura-t-il, cela n'a peut-être rien à voir avec la guerre, rien du tout.

— Que voulez-vous dire ?

Il me lança un regard direct. « Il pourrait s'agir d'affaires de cœur, Erekosë. L'allure de Iolinda a toujours plu à Katorn.

— Vous avez peut-être raison. Mais là encore, je n'y puis rien. Iolinda semble préférer ma compagnie.

69

— Katorn voit peut-être cela comme un engouement pour un idéal plutôt que pour une personne réelle.

— Avez-vous la même vision des choses ?

— Je n'en sais rien. Je n'en ai pas parlé à Iolinda.

— Eh bien, dis-je, on verra quand nous reviendrons.

— Si nous revenons, dit le Roi Rigenos. Sur ce chapitre, je dois le reconnaître, je suis d'accord avec Katorn. L'excès de confiance en soi est la cause principale de bien des défaites.

Je hochai la tête. « Peut-être avez-vous raison. »

Des cris et des clameurs nous parvinrent du dehors et le navire fit une soudaine embardée alors qu'on larguait les amarres et qu'on remontait les ancres.

— Venez, me dit le Roi Rigenos. Sortons sur le pont. C'est ce qu'on attend de nous. » Il finit son verre d'un trait et replaça son heaume couronné sur sa tête. Nous quittâmes ensemble la cabine ; à notre apparition, les acclamations augmentèrent de volume.

Tandis que nous saluions le peuple de la main, les tambours commencèrent à marteler le lent rythme de nage. Je vis Iolinda assise dans sa voiture, le corps à demi tourné pour nous regarder partir. J'agitai la main pour elle et elle leva le bras en un dernier salut.

— Adieu, Iolinda, murmurai-je.

Katorn me lança un regard cynique du coin de l'œil en passant près de moi pour superviser la nage.

Adieu, Iolinda.

Le vent était tombé. Je transpirais sous mon attirail de guerre : la journée était écrasée par un soleil ardent qui flamboyait dans un ciel sans nuages.

Je continuai à agiter la main depuis la poupe du vaisseau oscillant, les yeux fixés sur Iolinda, assise droite dans sa voiture, puis nous suivîmes une courbe du fleuve et je ne vis plus que les tours de Nécranal dressées derrière nous, et je n'entendis plus que les acclamations qui se perdaient dans le lointain.

Nous descendîmes le fleuve Doona au rythme des tambours, fendant le courant qui nous menait à Noonos aux Tours Joelles — et aux flottes.

9

A NOONOS

OH! ces guerres aveugles et sanglantes...

— *Vraiment, l'évêque, vous ne comprenez pas que les affaires humaines se résolvent en termes d'action...*

Disputes fragiles, procès sans objet, cynisme déguisé en pragmatisme.

— *Ne voulez-vous pas vous reposer, mon fils?*

— *Je ne puis me reposer, mon père, alors que la horde des Paynim est déjà sur les rives du Danube...*

— *Paix...*

— *Se satisferont-ils de la paix?*

— *Peut-être.*

— *Ils ne se contenteront pas du Viêt-nam. Ils ne seront pas satisfaits tant que toute l'Asie ne leur appartiendra pas... Et après cela, le monde...*

— *Nous ne sommes pas des animaux.*

— *Nous devons agir comme des animaux. Eux agissent comme des animaux.*

— *Mais si nous essayions...*

— *Nous avons essayé.*

— *Vraiment?*

— *Il faut combattre le feu par le feu.*

— *N'y a-t-il pas d'autre moyen?*

— *Il n'y a pas d'autre moyen.*

Un fusil. Une épée. Une bombe. Un arc. Un vibrapistolet. Un lancefeu. Une hache. Une massue...

— *Il n'y a pas d'autre moyen...*

71

***

A bord du navire amiral, cette nuit-là, les rames montaient et retombaient, le tambour poursuivait son rythme régulier, le bois craquait, les vagues clapotaient contre la coque, et je dormis mal. Fragments de conversations. Expressions. Images. Elles culbutaient dans mon cerveau fatigué et refusaient de me laisser en paix. Un millier de périodes différentes de l'histoire. Un million de visages différents. Mais la situation était toujours la même. Le débat — en une myriade de langues — ne changeait pas.

Mais quand je me levai de ma couchette, ma tête s'éclaircit, et au bout d'un moment je décidai de monter sur le pont.

Quelle sorte de créature étais-je ? Pourquoi paraissais-je condamné à jamais à dériver d'ère en ère et à jouer le même rôle en tous lieux ? De quel tour — de quelle plaisanterie cosmique avais-je été victime ?

L'air nocturne était frais à mon visage et la lune perçait les nuages à intervalles si réguliers que ses rayons ressemblaient à ceux d'une roue gigantesque. On eût dit que le char d'un Dieu s'était enfoncé dans le nuage bas et s'était embourbé dans l'air épais en dessous.

Je contemplai l'eau où les reflets des nuages en se dispersant révélaient la lune. La même lune que j'avais connue quand j'étais John Daker. Avec le même visage débonnaire contemplant avec satisfaction la planète autour de laquelle elle tournait et les bouffonneries de ses créatures. Combien de désastres avait-elle vus ? Combien de croisades insensées ? Combien de guerres, de batailles, de meurtres ?

Les nuages se refermèrent et les eaux du fleuve s'obscurcirent, comme pour dire que je ne trouverais jamais la révélation que je cherchais.

Je tournai mon attention vers les rives. Nous étions en train de traverser une forêt dense. La cime des arbres se découpait sur l'obscurité légèrement plus claire de la nuit. Quelques animaux nocturnes poussaient des cris de temps en temps et il me semblait que c'étaient des cris de solitude, des cris d'égarement, des cris pitoyables. Je soupirai, m'accoudai au bastingage et observai les eaux où le battement des rames formait une écume ténébreuse et grise.

Mieux valait accepter d'avoir à me battre à nouveau. A nouveau ? Où avais-je déjà combattu ? Que signifiaient mes vagues souvenirs ? Que voulaient dire mes rêves ? La réponse simple et pragmatique, celle que John Daker eût certainement le mieux comprise, c'est que j'étais fou. Mon imagination était surmenée. Peut-être n'avais-je jamais été John Daker. Peut-être ce personnage n'était-il qu'une folle invention de plus.

Je devais combattre à nouveau.

C'est tout ce qu'il y avait à en dire. J'avais accepté ce rôle et je devais le jouer jusqu'au bout.

Mon cerveau commençait à s'éclaircir alors que la lune se couchait et que l'aube effleurait l'horizon.

Je regardai le soleil se lever, énorme disque écarlate qui se mouvait dans le ciel avec une splendide assurance, comme s'il était curieux de découvrir quels bruits troublaient le monde — le battement du tambour, le craquement des rames.

— Vous ne dormez pas, Seigneur Erekosë. Je vois : vous êtes impatient de vous battre.

Je n'étais pas d'humeur à supporter le persiflage de Katorn en plus de mon fardeau. « J'avais seulement envie de jouir du spectacle du soleil levant, dis-je.

— Et de la lune se couchant ? » Il y avait dans le ton de Katorn un sous-entendu que je n'arrivais pas à saisir tout à fait. « Vous semblez aimer la nuit, Seigneur Erekosë.

— Parfois, dis-je. C'est paisible, ajoutai-je de manière aussi significative que possible ; la nuit, il y a peu de choses pour troubler les pensées.

— C'est juste. Vous avez quelque chose en commun avec nos ennemis, alors...

Je me tournai avec impatience, foudroyant du regard ses traits sombres. « Que voulez-vous dire ?

— Les Xénans aussi, dit-on, préfèrent la nuit au jour.

— Si c'est vrai de moi, mon seigneur, dis-je, ce sera un grand atout dans notre guerre que je puisse les combattre de nuit comme de jour.

— Je l'espère, mon seigneur.

— Pourquoi vous méfiez-vous tant de moi, Seigneur Katorn ?

Il haussa les épaules. « Ai-je rien dit de tel ? Nous avons conclu un marché, vous souvenez-vous ?

— Et j'ai tenu ma part de ce marché.

— Et moi la mienne. Je vous suivrai, n'en doutez pas. Quoi que je soupçonne, je vous suivrai.

— Alors je vous demanderai de cesser vos petits sarcasmes. Ils sont naïfs et ne servent à rien.

— Ils me servent à moi, Seigneur Erekosë. Ils calment mon humeur — ils la canalisent vers un terrain approprié.

— J'ai prêté serment à l'Humanité, lui dis-je. Je servirai la cause du Roi Rigenos. J'ai mes propres fardeaux à porter, Seigneur Katorn...

— J'y compatis de tout cœur.

Je me détournai. Je n'avais pas été loin de me rendre ridicule — en en appelant à la pitié de mon interlocuteur, en prenant pour excuse mes propres problèmes.

— Merci, Seigneur Katorn », dis-je avec froideur. Le navire entrait dans une courbe du fleuve et il me semblait voir la mer devant nous. « Je vous suis reconnaissant de votre compréhension. » Je me donnai une tape au visage. Le navire traversait un nuage de moucherons qui volaient au-dessus du fleuve. « Ces insectes sont irritants, ne trouvez-vous pas ?

— Peut-être vaudrait-il mieux ne pas vous laisser assujettir à leurs desseins, mon seigneur, répliqua-t-il.

— En effet, je crois que vous avez raison, Seigneur Katorn. Je vais descendre.

— Au revoir, mon seigneur.

— Au revoir, Seigneur Katorn.

Je le laissai sur le pont regardant d'un air maussade vers l'avant du navire.

En d'autres circonstances, pensai-je, *je pourrais tuer cet homme.*

Telles que les choses se présentaient, il semblait de plus en plus probable qu'il ferait tout ce qui serait en son pouvoir pour me tuer. Je me demandai si Rigenos voyait juste en disant que Katorn était doublement jaloux. Jaloux de ma réputation de guerrier. Jaloux de l'amour de Iolinda pour moi.

Refusant de me laisser tourmenter par toutes ces réflexions sans intérêt, je me lavai et revêtis mon harnachement de guerre. Un peu plus tard, j'entendis crier l'homme de barre et je montai sur le pont pour voir ce que signifiait ce cri.

Noonos était en vue. Nous nous massâmes tous contre les bastingages pour apercevoir cette fabuleuse cité. Nous fûmes à moitié aveuglés par l'éclat des tours, car, réellement, elles étaient serties de joyaux. La ville flamboyait de lumière : une grande aura blanche mouchetée de cent autres couleurs — vert, violet, rose, mauve, ocre, rouge — qui dansaient dans la brillante incandescence d'un million de pierres précieuses.

Au-delà de Noonos s'étendait la mer — une mer calme, miroitante au soleil.

Comme Noonos se rapprochait, le fleuve s'élargit encore : manifestement, il débouchait sur l'océan. Les rives s'éloignaient de plus en plus et nous longeâmes la berge droite où Noonos était bâtie. D'autres villes et villages parsemaient les collines boisées qui commandaient l'embouchure du fleuve. Certains étaient pittoresques, mais le port dont nous approchions les dominait tous.

A présent des oiseaux de mer poussaient des cris aigus en volant autour du grand mât, s'installaient dans les vergues avec de grands battements d'ailes et se chamaillaient, apparemment pour la meilleure place du gréement.

Le rythme des avirons se ralentit et en approchant du port proprement dit, nous commençâmes à nager à culer. Derrière nous la fière escadre jeta l'ancre. Ils nous rejoindraient plus tard, une fois que le pilote serait allé leur indiquer l'ordre de mouillage.

Laissant nos navires-jumeaux, nous entrâmes lentement dans Noonos à l'aviron, battant l'étendard du Roi Rigenos et l'étendard d'Erekosë — une épée d'argent sur champ noir.

Les acclamations recommencèrent. Retenus par des soldats en armure de cuir capitonné, les gens tendaient le cou pour nous voir débarquer. Et comme je descendais la passerelle et atteignais le quai, s'éleva une litanie immense qui d'abord me fit tressaillir, quand je compris le mot psalmodié.

— *EREKOSË! EREKOSË! EREKOSË! EREKOSË!*

Je levai le bras droit en signe de salut, mais le bruit augmenta tant que je faillis chanceler : c'était littéralement assourdissant. Non sans mal je réussis à ne pas me boucher les oreilles !

Le Prince Bladagh, Suzerain de Noonos, nous accueillit avec toute la solennité voulue, lut un discours que les clameurs rendaient inaudible, et l'on nous escorta par les rues jusqu'aux quartiers que nous devions utiliser le temps de notre bref séjour dans la cité.

Les tours aux joyaux ne nous déçurent point, mais je notai que les maisons basses détonnaient. Nombre d'entre elles n'étaient guère plus que des cahutes. On voyait bien d'où venait l'argent qui avait servi à sertir les tours de rubis, de perles et d'émeraudes...

Je n'avais pas remarqué une si grande différence entre riches et pauvres à Nécranal. Ou j'avais été trop impressionné par la nouveauté de ce que je voyais, ou la cité royale se donnait beaucoup de mal pour camoufler les zones de pauvreté, si elles existaient.

Dans les taudis de Noonos, il y avait des gens en haillons, qui, malgré tout, nous acclamaient aussi fort que les autres — sinon plus. Peut-être attribuaient-ils leur misère aux Xénans.

Le Prince Bladagh était un homme d'environ quarante-cinq ans, au teint jaunâtre. Il avait une longue moustache tombante, un regard sans expression, et plus ou moins l'allure d'un vautour qui ferait des manières. Je ne fus pas surpris d'apprendre qu'il ne se joindrait pas à notre expédition, mais resterait « pour protéger la cité » — ou plus probablement son or, pensai-je.

— Or donc, mon suzerain, marmonna-t-il à notre arrivée au palais, dont les portes ornées de joyaux pivotèrent pour nous livrer passage (je notai qu'elles eussent mieux brillé si on les avait nettoyées). Or donc — mon palais est à vous, Roi Rigenos. Et à vous aussi, Seigneur Erekosë, bien entendu. Tout ce que vous voulez...

— Un repas chaud — et simple, dit le Roi Rigenos, faisant écho à mes sentiments. Pas de banquets ; je vous ai averti de ne pas faire de grande cérémonie, Bladagh.

— Et je vous ai obéi, mon suzerain. » Bladagh avait l'air soulagé. Il ne me faisait pas l'impression d'un homme qui aimait dépenser de l'argent. « Je vous ai obéi. »

Le repas fut effectivement simple, et pas particulièrement bien préparé. Nous l'absorbâmes en compagnie du Prince Bladagh, de sa grassouillette et stupide épouse, la Princesse Ionante, et de leurs deux enfants décharnés. A part moi, je m'amusai du contraste entre la fière allure de la cité vue de loin et l'appareil trivial de celui qui la gouvernait.

Un peu plus tard, les différents commandants qui, depuis quelques semaines, se regroupaient à Noonos vinrent conférer avec Rigenos et moi. Katorn était parmi eux et put exposer à grands traits, avec concision et cartes à l'appui, les plans de bataille que nous avions mis au point à Necranal.

Parmi les commandants se trouvaient plusieurs fameux héros des Deux Continents : le Comte Roldero, un aristocrate solidement bâti à l'armure aussi solide et aussi dépouillée que la mienne ; le Prince Malihar et son frère, le Duc Ezak, qui avaient participé à maintes campagnes ; et le Comte Shanura de Karakoa, une des provinces les plus reculées et les plus barbares. Shanura portait les cheveux longs, pendant en trois nattes dans son dos. Son pâle visage était maigre et zébré de cicatrices ; il parlait rarement, et généralement pour poser des questions bien précises. La diversité des visages et des costumes me surprit d'abord. Ici, au moins, pensai-je ironiquement, l'Humanité était unie ; on ne pouvait en dire autant du monde que John Daker avait quitté. Mais peut-être était-ce une alliance momentanée, pour défaire l'ennemi commun. Par la suite, me dis-je, l'unité pourrait bien s'affaiblir. Le Comte Shanura, par exemple, ne paraissait pas trop content de recevoir des ordres du Roi Rigenos, qu'il devait juger trop mou.

J'espérais être capable, dans les batailles à venir, de maintenir la cohésion d'un groupe d'officiers si disparate.

Enfin nous en eûmes fini des discussions ; j'avais pu dire un mot ou deux à chacun des commandants présents. Le roi jeta un coup d'œil à la pendule en bronze posée sur la table, et qui portait seize divisions. « Il va bientôt être l'heure de prendre la mer, dit-il. Les vaisseaux sont-ils parés ?

— Les miens sont prêts depuis des mois, dit le Comte Shanura d'un ton revêche. Je commençais à croire qu'ils allaient pourrir avant d'entrer en action.

Les autres s'accordèrent à dire que leurs navires pouvaient partir en un peu plus d'une heure.

Rigenos et moi remerciâmes Bladagh et sa famille pour leur hospitalité ; ils semblaient se dérider pour notre départ.

Au lieu d'aller du palais au quai à pied, nous prîmes des voitures rapides et embarquâmes sans perdre un instant sur nos navires. Le navire amiral du roi s'appelait le *Iolinda,* ce que je n'avais pas remarqué jusque-là, tant celle qui portait ce nom occupait mes pensées. Nos autres vaisseaux en provenance de Nécranal étaient arrivés au port et leurs marins se délassaient pendant le peu de temps dont ils disposaient, tandis que des esclaves apportaient à bord les dernières provisions et les derniers armements nécessaires.

Mes étranges rêves éveillés de la nuit précédente m'avaient laissé dans une humeur un peu déprimée, mais elle commençait à s'améliorer à mesure que croissait mon excitation. Le voyage prendrait un mois jusqu'à Mernadin, mais je savourais par avance la perspective du combat. Au moins, l'action m'aiderait à oublier mes autres problèmes. Je repensai à quelque chose que Pierre disait à André dans *Guerre et Paix* — sur la façon propre qu'avaient tous les hommes d'oublier l'idée de mourir. Certains couraient les femmes, certains encore jouaient, d'autres buvaient ; d'autres enfin, paradoxalement, faisaient la guerre. Et moi, ce n'était pas l'idée de mourir qui m'obsédait ; en fait, c'était, semblait-il, l'idée d'exister éternellement qui me rongeait l'esprit. Exister éternellement et, à la clé, guerroyer éternellement.

Découvrirais-je un jour la vérité ? Je n'étais pas sûr de vouloir la connaître. Cette pensée m'effrayait. Peut-être un Dieu l'aurait-il acceptée. Mais je n'étais pas un Dieu. J'étais un homme. Mes problèmes, mes ambitions, mes émotions étaient à l'échelle humaine — à part ce problème, toujours le même : comment se faisait-il que j'existe sous cette forme ? Comment étais-je devenu ce que j'étais ? Ou étais-je vraiment éternel ? N'y avait-il ni commencement ni fin à mon existence ? C'était la nature même du Temps qui était en question. Je ne pouvais plus concevoir le Temps linéairement, comme je le faisais quand j'étais John Daker. Le Temps ne pouvait plus s'expliquer en termes d'espace.

Il me fallait l'aide d'un philosophe, d'un magicien, d'un savant pour ce problème. A moins — autre solution — que je ne parvienne à l'oublier. Mais pouvais-je l'oublier ? Il faudrait que je m'y efforce.

Les oiseaux de mer tournoyaient en poussant des cris rauques, les voiles claquaient et se gonflaient tour à tour dans le vent étouffant de chaleur qui s'était mis à souffler. Les membrures craquèrent quand les

79

ancres furent levées et les amarres larguées des cabestans, et le grand navire amiral, le *Iolinda,* sortit du port, ses avirons montant et retombant toujours, mais gagnant de la vitesse à mesure qu'il faisait voile vers le large.

10

PREMIER SIGNE DES XÉNANS

L'ENORME flotte comprenait de grands navires de combat de toutes catégories ; certains ressemblaient à ce que John Daker aurait appelé des clippers — les grands voiliers de la route du thé du dix-neuvième siècle —, d'autres étaient des espèces de jonques, d'autres avaient des gréements latins de style méditerranéen, d'autres encore paraissaient des copies de caravelles élisabéthaines. Avançant en formations séparées, selon leurs provinces ou leurs origines, ils symbolisaient les différences et l'unité de la race humaine. J'étais fier d'eux.

Exaltés, tendus, vigilants et confiants dans la victoire, nous faisions voile vers Paphanaal, porte de Mernadin et première étape de sa conquête.

Mais je sentais toujours le besoin d'en savoir plus sur les Xénans. Les souvenirs troubles que je gardais d'une vie antérieure ne me laissaient qu'une impression de batailles confuses livrées contre eux, et peut-être aussi, quelque part, un sentiment de douleur émotionnelle. C'était tout. J'avais entendu dire que leurs yeux n'étaient pas convexes comme ceux des hommes et que c'était cette caractéristique qui les distinguait principalement des humains. On disait d'eux qu'ils étaient inhumainement beaux et impitoyables, avec des appétits sexuels inhumains. Ils étaient un peu plus grands que les hommes, leur tête était allongée, leurs pommettes obliques et leurs yeux légèrement bridés. Ce qui ne me suffisait pas. Mais nulle part sur les Deux Continents

81

l'on ne trouvait d'image représentant les Xénans. On disait que cela portait malheur, surtout si leurs yeux maléfiques étaient représentés.

Tandis que nous voguions, une intense communication s'établit entre vaisseaux, et, suivant le temps, les commandants étaient amenés au navire amiral ou ramenés à leurs navires tantôt par canot, tantôt par harnais à élingue. Nous avions élaboré notre stratégie de base et nous avions des plans de rechange au cas où il s'avérerait impossible de mettre cette stratégie en pratique. L'idée venait de moi et parut nouvelle aux autres, mais ils la comprirent vite et tous les détails en avaient été arrêtés. Tous les jours, sur chaque navire, les guerriers s'exerçaient à jouer le rôle prévu pour eux quand la flotte des Xénans serait en vue, si jamais on la voyait. Dans le cas contraire, nous dépêcherions une partie de la flotte sur Paphanaal pour attaquer directement la cité. Mais nous pensions que les Xénans enverraient leur flotte de défense à notre rencontre avant que nous n'atteignions Paphanaal, et c'était sur cette probabilité que nous fondions notre plan principal.

Katorn et moi nous évitions mutuellement autant que possible. Il n'y eut, durant ces quelques premiers jours de traversée, aucun duel verbal du type de celui que nous avions eu à Nécranal ou sur la Droona. J'étais poli avec lui quand il nous fallait communiquer ; et lui, à sa façon bourrue, l'était avec moi. Le Roi Rigenos paraissait soulagé, et me dit être heureux que nous eussions réglé nos différends. Nous n'avions bien entendu rien réglé. Nous avions simplement mis nos querelles de côté jusqu'au moment où nous pourrions les vider une fois pour toutes. Je savais que finalement je devrais me battre avec Katorn ou qu'il essaierait de m'assassiner.

Le Comte Roldero de Stalaco me devint sympathique, alors qu'il était peut-être le plus sanguinaire de tous quand on en venait à parler des Xénans. John Daker l'aurait traité de réactionnaire — mais il lui aurait plu. C'était un homme dévoué, stoïque et honnête, qui parlait franchement et laissait les autres faire de même, attendant d'eux une tolérance égale à la sienne. Un jour, je lui suggérai qu'il voyait les choses de façon simpliste, toutes noires ou toutes blanches ; il sourit d'un air las et répliqua :

— Erekosë, mon ami, quand vous aurez vu ce que j'ai vu des événements qui ont eu lieu durant ma vie sur notre planète, vous verrez tout aussi clairement que moi les choses toutes noires et toutes blanches. Vous ne pouvez juger les gens que sur leurs actions, non sur leurs déclarations. Ils agissent pour le bien ou pour le mal ; ceux qui font un grand mal sont mauvais ; et ceux qui font un grand bien — ils sont bons.

— Mais les gens peuvent faire beaucoup de bien par accident, alors que leurs intentions sont mauvaises — et inversement, des gens peuvent causer un grand mal avec les meilleures intentions du monde, dis-je, amusé de sa prétention d'avoir vu et vécu plus que moi — mais je pense que ce n'était que plaisanterie de sa part.

— Exactement ! répondit le Comte Roldero. Vous n'avez fait que répéter mon argument. Je vous le redis, je me fiche de ce que les gens disent de leurs intentions. Je les juge aux résultats qu'ils obtiennent. Prenez les Xénans...

Je levai la main en riant. « Je sais à quel point ils sont pervers. Tout le monde m'a parlé de leur ruse, de leur traîtrise et de leurs pouvoirs obscurs.

— Ah, vous semblez croire que je hais les Xénans en tant qu'individus, mais ce n'est pas le cas. Pour ce que j'en sais, ils peuvent être bons pour leurs enfants, aimer leurs femmes et bien traiter leurs animaux. Je ne dis pas que ce sont, individuellement, des monstres. C'est en tant que force qu'il faut les considérer ; c'est à ce qu'ils font qu'il faut les juger ; c'est sur la menace de leurs ambitions propres que nous devons fonder notre attitude envers eux.

— Et comment considérez-vous cette force ? demandai-je.

— Elle n'est pas humaine, par conséquent ses intérêts ne sont pas humains. A son point de vue, dans son propre intérêt, elle doit nous détruire. Dans le cas présent, comme les Xénans ne sont pas humains, leur simple existence est une menace pour nous. De plus, nous les menaçons. Ils le comprennent bien et souhaitent nous exterminer. Nous aussi le comprenons et souhaitons les exterminer avant qu'ils n'aient la possibilité de nous détruire. Vous comprenez ?

L'argument semblait assez convaincant à l'homme pragmatique que je pensais être. Mais il me vint une pensée et je l'exprimai.

— N'oubliez-vous pas une chose, Comte Roldero ? Vous l'avez dit vous-même, les Xénans ne sont *pas* humains. Vous supposez qu'ils ont des intérêts humains...

— Ils sont de chair et de sang, dit-il. Ce sont des animaux, comme nous sommes des animaux. Ils ont ces pulsions, tout comme nous.

— Mais de nombreuses espèces d'animaux semblent vivre ensemble dans une harmonie fondamentale, lui rappelai-je. Le lion ne se bat pas constamment contre le léopard, ni le cheval contre la vache ; et même s'ils se battent, ils se tuent rarement, quelle que soit l'importance de l'enjeu pour eux.

— Mais ils le feraient volontiers, dit le Comte Roldero sans se laisser ébranler. Ils le feraient s'ils pouvaient anticiper les événements. Ils le feraient s'ils pouvaient calculer le taux auquel l'animal rival consomme la nourriture, se multiplie, étend son territoire.

J'abandonnai. Je sentais que nous étions en terrain mouvant. Assis dans ma cabine par une splendide soirée, nous regardions la mer calme par le hublot ouvert. Je resservis du vin au Comte Roldero, songeant que mon stock diminuait : j'avais pris l'habitude d'en boire une bonne quantité juste avant de me coucher, pour m'assurer un repos sans visions ni souvenirs pour l'interrompre.

Le Comte Roldero lampa son vin et se mit debout. « Il se fait tard. Je dois retourner sur mon navire, ou mes hommes vont penser que je me suis noyé et vont fêter l'événement. Je vois que vous commencez à être à court de vin. J'en apporterai une outre ou deux à ma prochaine visite. Adieu, ami Erekosë. Votre cœur est au bon endroit, j'en suis sûr. Mais vous êtes un sentimental, quoi que vous en disiez. »

Je souris. « Bonne nuit, Roldero. » Je levai ma coupe de vin à moitié pleine. « Buvons à la paix qui régnera quand cette affaire sera terminée ! »

Roldero renifla. « Oui, la paix — comme celle des vaches et des chevaux ! Bonne nuit, mon ami. » Il sortit en riant.

Assez éméché, j'ôtai mes vêtements et me laissai choir sur ma couchette, riant bêtement tout bas de la dernière remarque de Roldero. « Comme celle des vaches et des chevaux. Il a raison. Qui voudrait d'une telle vie ? A la Guerre ! » Je jetai la coupe de vin par le hublot ouvert et me mis à ronfler avant presque d'avoir fermé les yeux.

Et je rêvai.

Mais cette fois, je rêvai de la coupe que j'avais jetée par le hublot. J'imaginai qu'elle flottait sur les vagues, scintillant de son or et de ses joyaux. J'imaginai qu'elle était prise dans un courant et emportée loin de la flotte, vers un lieu solitaire où les navires n'allaient jamais et où la terre n'était jamais en vue, ballottée pour toujours sur un morne océan.

Durant le mois que dura notre voyage, la mer fut calme, le vent bon et le temps, dans l'ensemble, clément.

Notre moral s'éleva encore. C'était pour nous un bon présage. Nous étions tous de joyeuse humeur. Enfin, tous sauf Katorn, qui grommelait que cela pouvait bien être le calme avant la tempête, que nous devions nous attendre au pire de la part des Xénans quand viendrait enfin le moment de les attaquer.

— Ils sont astucieux, disait-il. Ces saletés sont astucieuses. Si cela se trouve, ils sont dès à présent informés de notre venue et ont préparé une manœuvre que nous n'avons pas prévue. Ils sont peut-être même responsables du beau temps...

A ces mots, je ne pus m'empêcher d'éclater de rire, et, fâché, il s'éloigna sur le pont d'un air dédaigneux. « Vous verrez, Seigneur Erekosë, me cria-t-il en se retournant. Vous verrez ! »

Et le lendemain, l'occasion se présenta.

Selon nos cartes, nous approchions des côtes de Mernadin. Nous eûmes tôt fait de renforcer les vigies, ranger les Flottes de l'Humanité en ordre de bataille, vérifier notre armement et mettre en panne.

La matinée passa lentement tandis que nous attendions ; le vaisseau amiral, en avant, se balançait sur les vagues, tout ris pris, rames relevées.

Et puis, vers midi, la vigie du grand-mât hurla dans son porte-voix :

— Navires droit devant ! Cinq voiles !

Le Roi Rigenos, Katorn et moi-même étions sur l'avant-pont, les yeux braqués sur la mer. Je regardai le Roi Rigenos et fronçai les sourcils. « Cinq vaisseaux ? Cinq vaisseaux seulement ? »

Le Roi Rigenos branla le chef. « Ce ne sont peut-être pas des vaisseaux xénans...

— Ce ne peuvent être que des bâtiments xénans, grogna Katorn. Que pourrait-il y avoir d'autre dans ces eaux ? Aucun marchand humain n'accepterait de commercer avec ces créatures !

Puis le cri de la vigie nous parvint à nouveau.

— Dix voiles maintenant ! Vingt ! C'est la flotte — la flotte des Xénans ! Ils font voile sur nous à toute vitesse !

A ce moment, il me sembla apercevoir brièvement une tache blanche à l'horizon. Etait-ce la crête d'une vague ? Non. C'était la voile d'un navire, j'en étais sûr.

— Regardez ! dis-je. Là ! » Et je tendis le doigt.

Rigenos plissa les yeux et les protégea de sa main. « Je ne vois rien. C'est votre imagination. Ils ne peuvent pas venir si vite... »

Katorn scrutait lui aussi l'horizon. « Si ! Je la vois

aussi. Une voile ! Ils sont aussi rapides que ça ! Par les écailles du Dieu des Mers — quelque visqueuse sorcellerie les aide ! C'est la seule explication. »

Le Roi Rigenos eut l'air sceptique. « Leurs embarcations sont plus légères que les nôtres, rappela-t-il à Katorn, et le vent leur est favorable. »

Ce fut au tour de Katorn de ne pas être convaincu. « Possible, grommela-t-il. Vous avez peut-être raison, sire...

— Ont-ils déjà usé de sorcellerie ? » lui demandai-je. J'étais prêt à croire n'importe quoi. Il le fallait pour croire à ce qui m'était arrivé !

— Oui-da ! cracha Katorn. A de nombreuses reprises. Et de toutes sortes ! Pouah ! L'air même sent la sorcellerie !

— Quand ? lui demandai-je. De quelle sorte ? Je veux le savoir pour agir.

— Ils peuvent parfois se rendre invisibles. C'est ainsi qu'ils ont pris Paphanaal, à ce qu'on dit. Ils peuvent marcher sur l'eau — voguer dans les airs.

— Les avez-vous vus faire cela ?

— Pas personnellement. Mais j'ai entendu beaucoup d'histoires. Des histoires que je peux croire, car elles émanent d'hommes qui ne mentent pas.

— Et ces hommes ont été témoins de cette sorcellerie ?

— Pas eux. Mais ils ont connu des hommes qui l'ont vue.

— C'est donc une rumeur qui prête aux Xénans l'usage de la sorcellerie, dis-je.

— Ach ! Dites ce que vous voulez ! rugit Katorn. Ne me croyez pas — vous qui êtes l'essence même de la sorcellerie, qui devez votre existence à une incantation. Pourquoi pensez-vous que j'aie soutenu l'idée de vous ramener, Erekosë ? Parce qu'il nous fallait, à mon avis, une sorcellerie plus forte que la leur ! Qu'est donc cette épée à votre côté si ce n'est pas une épée sorcière ?

Je haussai les épaules. « Attendons alors de voir leur sorcellerie », dis-je.

87

Le Roi Rigenos éleva la voix pour s'adresser à la vigie : « Combien voyez-vous de navires ? »

— A peu près la moitié de notre flotte, mon suzerain ! répondit l'homme, le porte-voix distordant les mots. Certainement pas plus. Et je pense que c'est leur flotte entière. Je ne vois rien d'autre venir.

— Ils ne semblent plus se rapprocher pour le moment, murmurai-je au Roi Rigenos. Demandez-lui s'ils se déplacent.

— La flotte des Xénans a-t-elle mis en panne, maître vigie ? cria le Roi Rigenos.

— Oui, mon suzerain. Elle a ralenti l'allure et on dirait qu'ils ferlent les voiles.

— Ils nous attendent, marmonna Katorn. Ils veulent que nous les attaquions. Eh bien, nous attendrons aussi.

Je hochai la tête. « C'est la stratégie prévue. »

Et nous attendîmes.

Nous attendions encore quand le soleil se coucha et que la nuit tomba ; de temps à autre, loin à l'horizon, nous apercevions un éclair d'argent qui pouvait être une vague aussi bien qu'un navire. Des nageurs portaient des messages urgents d'un vaisseau de la flotte à l'autre.

Et nous attendions, dormant du mieux que nous pouvions, nous demandant quand les Xénans attaqueraient, si jamais ils attaquaient.

J'entendais les pas de Katorn qui parcourait le pont tandis que, allongé tout éveillé dans ma cabine, j'essayais de faire la seule chose à faire : conserver mon énergie pour le lendemain. De nous tous, Katorn était le plus impatient d'attaquer l'ennemi. J'avais le sentiment que si on l'avait laissé faire, nous ferions déjà voile sur les Xénans, en jetant par-dessus bord nos plans de bataille soigneusement préparés.

Mais par chance, c'était moi qui commandais. Même le Roi Rigenos n'avait pas qualité, sauf circonstances exceptionnelles, pour révoquer un de mes ordres.

Je me reposais, mais ne pouvais dormir. J'avais vu flotter mon premier bateau xénan, mais je ne savais pas encore à quoi ressemblaient vraiment ces vaisseaux —

ou quelle impression me feraient leurs équipages.

Je restais allongé, priant pour que notre bataille commence bientôt. Une flotte qui ne faisait que la moitié de la nôtre ! J'eus un sourire sans humour. Je souriais parce je savais que nous serions victorieux.

Quand attaqueraient-ils ?

Le soir même, peut-être. Katorn avait dit qu'ils adoraient la nuit.

Peu m'importait. Je voulais me battre. Une immense soif de bataille montait en moi. Je voulais me battre !

11

LES FLOTTES ENGAGENT LE COMBAT

UN jour entier passa et une nuit encore, et toujours les Xénans restaient en vue sur l'horizon.

Jouaient-ils délibérément sur notre usure, notre nervosité ? Ou la taille de notre flotte leur faisait-elle peur ? Peut-être leur stratégie était-elle fondée sur une attaque de notre part.

Cette seconde nuit, je pus dormir, mais pas du sommeil aviné auquel je m'étais habitué. Il ne restait plus rien à boire. Le Comte Roldero n'avait jamais trouvé l'occasion d'apporter ses outres de vin à bord.

Et les rêves furent pires que jamais.

Je vis des mondes entiers en guerre, se détruisant eux-mêmes dans des batailles insensées.

Je vis la Terre, mais c'était une Terre sans Lune. Une Terre qui avait cessé de tourner, exposant un hémisphère au soleil, plongeant l'autre dans des ténèbres que seules les étoiles rendaient moins épaisses. Je vis aussi des combats, et une quête morbide qui me détruisait presque totalement... mon nom — Clarvis ? Quelque chose comme cela. Je me raccrochais à ces noms, mais ils m'échappaient presque toujours, et je crois qu'en réalité ils étaient la partie la moins importante de mes rêves.

Je vis la Terre — une Terre à nouveau différente. Si vieille que même les mers avaient commencé à s'assécher. Je chevauchais au milieu d'un paysage ténébreux, sous un soleil minuscule, et je songeais au Temps...

J'essayai de me raccrocher à ce rêve, à cette hallucina-

tion, à ce souvenir, quoi que ce fût. Il y avait peut-être ici un indice sur ce que j'étais, sur ce qui avait tout déclenché.

Un autre nom — le Chronarque... Puis il s'évanouit. Ce rêve ne semblait pas avoir plus de signification que les autres.

Puis je me retrouvai dans une cité à côté d'une grosse voiture, et je riais, et je tenais à la main une étrange sorte de fusil, et des bombes larguées par des avions pleuvaient et détruisaient la cité. Je sentais le goût d'un cigare Upmann dans ma bouche...

Je me réveillai, puis replongeai presque immédiatement dans mes rêves.

Je marchais, fou et seul, dans des couloirs d'acier et derrière les murs des couloirs il y avait le vide. La Terre était loin derrière. La machine d'acier où j'étais se dirigeait vers une autre étoile. J'étais tourmenté. Des pensées de ma famille m'obsédaient. John Daker? Non, John.

Et alors, comme pour aggraver la confusion, les noms commencèrent. Je les voyais. Je les entendais. Ecrits en hiéroglyphes dépareillés, psalmodiés en langages hétéroclites.

Aubec. Byzantium. Cornelius. Colvin. Bradbury. Londres. Melniboné. Hawkmoon. Lanjis Liho. Marca. Elric. Muldoon. Dietrich. Arflane. Simon. Kane. Allard. Corom. Traven. Ryan. Asquinol. Pepin. Seward, Mennell. Tallow. Hallner. Köln...

Les noms continuaient, continuaient, continuaient.

Je me réveillai en criant.

Et c'était le matin.

En sueur, je me levai de ma couchette et m'aspergeai d'eau froide des pieds à la tête.

Pourquoi la bataille ne commençait-elle pas? Pourquoi?

Je savais que dès l'engagement, les rêves s'en iraient. J'en étais sûr.

Alors la porte de ma cabine s'ouvrit brutalement et un esclave entra.

— Maître...

Une trompette fit entendre un mugissement d'airain. De tout le navire montait le bruit des hommes qui couraient.

— Maître. Les navires ennemis font mouvement.

Avec un grand soupir de soulagement, je m'habillai, bouclai mon armure aussi vite que je pus et sanglai mon épée sur ma hanche.

Puis je courus sur le pont et grimpai sur l'avant-pont où se tenait le Roi Rigenos, vêtu de sa propre armure, la mine sévère.

Maintenant je voyais nettement que les navires des Xénans se déplaçaient.

— Nos commandants sont tous prêts, dit Rigenos avec une tension contenue. Voyez, nos vaisseaux prennent déjà position.

Je regardai avec plaisir notre flotte adopter l'ordre de bataille si souvent répété. Si les Xénans voulaient bien se comporter comme prévu, nous étions vainqueurs.

Je tournai à nouveau les yeux vers l'avant et eus un hoquet de surprise en voyant approcher les vaisseaux xénans, m'émerveillant de leur rare grâce et de leur légèreté à bondir au-dessus des eaux comme des dauphins.

Mais ce n'étaient pas des dauphins, me dis-je. C'étaient des requins. Ils nous mettraient tous en pièces s'ils le pouvaient. A présent, je comprenais en partie la méfiance de Katorn envers tout ce qui venait des Xénans. Si je n'avais pas su qu'ils étaient nos ennemis, qu'ils entendaient nous détruire, je serais resté pétrifié, pris sous le charme.

Ce n'étaient pas des galions, comme la plupart des nôtres. C'étaient des bâtiments à voiles uniquement — des voiles diaphanes sur des mâts élancés. Leurs coques blanches tranchaient sur le blanc plus terne du ressac tandis qu'ils venaient vers nous, chevauchant follement la houle sans une hésitation.

92

J'étudiai leur armement avec attention.

Ils avaient quelques canons, moins nombreux que les nôtres, mais fins et argentés, et en les voyant, je craignis leur puissance.

Katorn nous rejoignit. Il grondait de plaisir. « Ah, tenez, grogna-t-il. Tenez. Tenez. Vous voyez ces pièces d'artillerie, Erekosë ? Prenez-y garde. Voilà la sorcellerie, si vous ne me croyiez pas !

— Sorcellerie ? Que voulez-vous dire...

Mais il était reparti, criant aux hommes montés dans le gréement d'accélérer leur travail.

Je commençai à distinguer de minuscules silhouettes sur le pont des navires des Xénans. J'entraperçus des visages mystérieux, mais ne pus encore, à cette distance, discerner de traits particuliers. Ils s'activaient sur leurs vaisseaux, qui avançaient régulièrement dans notre direction.

A présent les manœuvres de notre propre flotte étaient presque terminées, et le navire amiral se mit en position.

Je donnai moi-même l'ordre de mettre en panne et nous nous balançâmes sur la mer, attendant les vaisseaux-requins des Xénans qui fonçaient sur nous.

Comme prévu, nous avions manœuvré pour former un carré, renforcé sur trois côtés, plus faible sur celui qui faisait face aux Xénans.

Quelque cent navires formaient le côté opposé, proue contre poupe, hérissés de canons. Les deux autres côtés renforcés du carré étaient également constitués d'une centaine de vaisseaux chacun, suffisamment écartés les uns des autres pour que leurs canons ne coulent pas accidentellement l'un des leurs. Nous avions placé une ligne de vaisseaux plus mince — environ vingt-cinq unités — sur le côté du carré dont s'approchaient les Xénans. Nous espérions donner l'impression d'une formation en carré strictement fermé, entourant quelques navires aux couleurs royales, qui passeraient pour le navire amiral et son escorte. Ces navires étaient des appâts. Le véritable navire amiral, où je me tenais,

93

avait temporairement baissé ses couleurs et se trouvait grosso modo au milieu du côté tribord du carré.

Les navires xénans approchaient de plus en plus. Katorn avait presque dit vrai. Ils paraissaient effectivement voler dans les airs plus que dans les vagues.

Je commençais à avoir les mains moites. Mordraient-ils à l'hameçon ? Les commandants avaient trouvé le plan original : ce n'était pas pour eux une manœuvre classique, comme elle l'avait été dans d'autres périodes de l'histoire de la Terre. Si elle ne marchait pas, je perdrais un peu plus la confiance de Katorn et cela n'améliorerait pas ma position auprès du roi, dont j'espérais épouser la fille.

Mais rien ne servait de m'inquiéter. J'observai.

Et les Xénans mordirent à l'hameçon.

Canons rugissant, les bâtiments xénans en formation en V enfoncèrent la mince défense et, courant sur leur erre, se retrouvèrent solidement encadrés de trois côtés.

— Hissez nos couleurs ! criai-je à Katorn. Hissez les couleurs ! Qu'ils voient l'auteur de leur défaite !

Katorn donna les ordres. Ma propre bannière monta la première — l'épée d'argent sur champ noir — puis celle du roi. Nous manœuvrâmes pour resserrer le piège, pour écraser les Xénans qui maintenant se voyaient joués.

Je n'avais jamais vu de bâtiments à voiles si hautement maniables que les fins vaisseaux des Xénans. Légèrement plus petits que nos vaisseaux de guerre, ils s'élançaient rapidement çà et là pour trouver une ouverture dans la muraille de navires. Mais il n'y en avait pas. J'y avais veillé.

Maintenant, leurs canons hurlaient férocement en crachant des boules de feu. Etait-ce là la « sorcellerie » dont parlait Katorn ? Les munitions des Xénans étaient plus des bombes incendiaires que des boulets solides comme nous en utilisions. Telles des comètes, les boules de feu fonçaient à travers la lumière de la mi-journée. Nombre de nos vaisseaux furent incendiés. Ils

94

flambaient, craquant et gémissant sous le feu qui les consumait.

Telles des comètes étaient les bombes; tels des requins flamboyants étaient les vaisseaux.

Mais c'étaient des requins pris dans un filet indéchirable. Inexorablement, nous resserrions le piège, et nos propres pièces d'artillerie tonnaient en projetant le fer lourd qui transperçait les coques blanches en y laissant des plaies béantes et traversait de part en part ces mâts graciles, fracassant les vergues d'où les voiles diaphanes tombaient en battant comme les ailes des phalènes mourantes.

De leur côté, nos monstrueux vaisseaux de guerre, leurs membres épais caparaçonnés de cuivre, leurs énormes rames battant l'eau, leurs sombres voiles peintes gonflées de vent, se concentraient pour écraser les Xénans.

Alors la flotte xénanne se divisa en deux parties grossièrement égales qui filèrent vers deux coins opposés de la nasse, ses points les plus faibles. Maints bâtiments xénans passèrent, mais nous étions préparés et, avec une monumentale précision, nos vaisseaux se refermèrent autour d'eux.

La flotte xénanne était à présent divisée en plusieurs groupes, ce qui nous rendait la tâche plus aisée. Implacablement, nous nous rapprochâmes pour les écraser.

Les cieux étaient maintenant emplis de fumée, la mer d'épaves en feu, et l'air vibrait de clameurs, de hurlements et de cris de guerre, du gémissement des boules de feu des Xénans, du rugissement de nos propres tirs, du fracas des canons. Mon visage était couvert de graisse et de cendre amenées par la fumée, et je transpirais à la chaleur des flammes.

De temps à autre, j'apercevais le visage tendu d'un Xénan et je m'étonnais de leur beauté, craignant d'avoir été trop sûr de notre victoire. Couverts d'une armure légère, ils se déplaçaient sur leurs vaisseaux avec autant de grâce que des danseurs expérimentés, et leurs canons ne s'arrêtaient pas un instant de bombarder nos bâtiments. Là où tombaient leurs boules de feu, les ponts ou les gréements prenaient feu instantanément, consumés par une flamme vert et bleu qui semblait dévorer le métal aussi facilement que le bois.

J'agrippai le bastingage de l'avant-pont et me penchai en avant, essayant de distinguer quelque chose dans la fumée irritante. Tout à coup, je vis juste devant nous un navire xénan qui se présentait par le flanc.

— Paré à éperonner ! vociférai-je. Paré à éperonner !

Comme beaucoup de nos navires, le *Iolinda* possédait, juste sous la ligne de flottaison, un éperon saboté de fer. Nous avions maintenant l'occasion de nous en servir. Je vis le commandant xénan sur sa dunette crier à ses hommes de virer. Trop tard, même pour eux. Notre navire fondit sur le petit bâtiment et, résonnant d'un puissant rugissement, s'enfonça dans son bord. Le fer et le bois crièrent et se rompirent, l'écume jaillit vers le ciel. Perdant l'équilibre, je fus projeté en arrière contre le mât, et comme, à quatre pattes, j'essayais de me remettre debout, je vis que nous avions complètement coupé en deux le bâtiment xénan. Je contemplai ce spectacle avec un mélange d'horreur et d'exultation. Je n'avais pas mesuré la puissance brutale du *Iolinda*.

Je vis, de part et d'autre de notre navire amiral, les deux moitiés du vaisseau ennemi se cabrer et s'enfoncer. L'horreur inscrite sur mon visage semblait refléter celle du commandant xénan qui luttait farouchement pour se tenir droit sur sa dunette penchée, tandis que ses hommes levaient les bras au ciel et se jetaient dans la mer sombre et houleuse, déjà pleine de morceaux de bois éclatés et de cadavres flottants.

Puis la mer avala rapidement le mince vaisseau et j'entendis derrière moi le Roi Rigenos rire à la vue des Xénans qui se noyaient.

Je me retournai. Son visage était maculé de suie ; ses yeux bordés de rouge, au regard fixe et fou, sortaient littéralement de son crâne décharné. Son heaume à la couronne de fer et de diamants était posé de travers sur sa tête et il ne pouvait plus s'arrêter de rire à son triomphe morbide.

— Bon travail, Erekosë! Voilà la méthode la plus satisfaisante de toutes quand on a affaire à ces créatures. Les éventrer. Les envoyer au plus profond des océans pour qu'ils soient encore plus près de leur maître, le Seigneur des Enfers!

Katorn grimpa sur l'avant-pont. Il exultait visiblement, lui aussi. « Je dois vous reconnaître ceci, Seigneur Erekosë : Vous avez prouvé que vous saviez comment tuer des Xénans.

— Je sais comment tuer bien des sortes d'hommes », dis-je calmement. Leur réaction me dégoûtait. La façon dont le commandant xénan avait péri m'avait rempli d'admiration. « Je n'ai fait que saisir l'occasion, repris-je. Cela n'a rien de bien malin, avec un navire de cette taille, d'écraser un bâtiment plus petit. »

Mais ce n'était point l'heure d'en débattre. Notre navire fendait un cercle d'épaves qui étaient son œuvre, environné de langues de feu orange, de cris, de hurlements, et d'une épaisse fumée qui bloquait la vue dans toutes les directions, au point que nous ne savions rien de l'état où se trouvait la Flotte de l'Humanité.

— Nous devons sortir de là, dis-je, et trouver des eaux dégagées. Il faut faire savoir à nos vaisseaux que nous sommes sains et saufs. Voulez-vous donner les ordres, Katorn?

— Oui. » Katorn retourna à sa besogne.

Le vacarme de la bataille commençait à me vriller le crâne. Finalement il devint une grande muraille de bruit d'un seul tenant, une unique et énorme vague de fumée, de flamme et de puanteur de mort.

Et pourtant... tout cela m'était familier.

Jusque-là, ma tactique de bataille avait été plutôt d'ordre spéculatif — intellectuel plus qu'instinctif. Mais maintenant, de vieux instincts semblaient se mettre en branle, et je donnai des ordres sans d'abord les analyser.

97

J'avais la certitude que ces ordres étaient bons. Même Katorn les suivait avec confiance.

Ainsi en avait-il été pour l'ordre d'éperonner le bâtiment xénan. Je ne m'étais pas arrêté à réfléchir. C'était probablement aussi bien.

Ses avirons travaillant puissamment, le *Iolinda* se dégagea du plus épais de la fumée, et l'on fit donner ses trompettes et ses tambours pour annoncer sa présence au reste de la flotte. Des acclamations montèrent de certains vaisseaux proches alors que nous émergions dans une zone relativement exempte de fumée, d'épaves ou d'autres navires.

Quelques-uns de nos bâtiments avaient fondu sur des bâtiments xénans isolés et envoyaient leurs grappins de fer sur les vaisseaux-requins. Les féroces ardillons s'enfonçaient dans les lisses blanches, déchiraient les voiles scintillantes, mordaient même dans la chair et arrachaient des bras et des jambes. Les grands navires de guerre attiraient à eux les bâtiments xénans, comme les baleinières halent contre leur flanc les proies à moitié mortes.

Des flèches commencèrent à voler d'un pont à l'autre : les archers, s'accrochant par les jambes au gréement, tiraient sur les archers ennemis. Des javelots tombaient en cliquetant sur les ponts ou perçaient les armures des guerriers, Xénans ou Humains, et les jetaient au sol. On entendait le son du canon, mais ce n'était plus un martèlement régulier comme avant. Les tirs intermittents furent bientôt remplacés par les choc des épées et les cris des guerriers qui se battaient au corps à corps.

La fumée s'épanouissait toujours en fleurs âcres au-dessus de ce champ de bataille aquatique. Et quand je pus distinguer l'océan vert, jonché d'épaves, à travers l'obscurité, je vis que l'écume n'était plus blanche. Elle était rouge. La mer était recouverte d'une nappe de sang.

Tandis que notre navire rentrait dans la bataille au rythme des tambours, je vis des visages qui me regardaient dans la mer. C'étaient les visages des morts, Xénans et Humains, et ils semblaient partager une même expression — une expression étonnée et accusatrice.

Au bout d'un moment, j'essayai de ne plus faire attention à ces visages.

12

LA TRÊVE ROMPUE

DEUX autres navires tombèrent sous nos coups d'éperon et nous ne subîmes pour ainsi dire aucun dommage. Le *Iolinda* traversait la bataille comme un Djaggernat majestueux, comme assuré de sa propre invulnérabilité.

Ce fut le Roi Rigenos qui le vit le premier. Il plissa les yeux et montra du doigt quelque chose dans la fumée, sa bouche ouverte rouge dans la noirceur de son visage couvert de suie.

— Là ! Vous le voyez, Erekosë ? Là !

Je vis devant nous un magnifique vaisseau xénan, mais je ne comprenais pas pourquoi Rigenos le distinguait des autres.

— C'est le navire amiral des Xénans, Erekosë , dit-il. Le navire amiral des Xénans. Peut-être leur chef lui-même est-il à bord. Si ce maudit serviteur d'Azmobaana conduit son propre navire amiral et que nous arrivons à le détruire, alors notre cause l'aura véritablement emporté. Priez pour que le Prince des Xénans soit à son bord, Erekosë ! Priez pour cela !

Derrière nous, Katorn gronda : « J'aimerais être celui qui l'abattra. » Dans ses mains revêtues de mailles il tenait une lourde arbalète, et il en caressait la crosse comme on peut caresser un chaton favori.

— Oh, que le Prince Arjavh soit là. Qu'il soit là, siffla avidement Rigenos.

100

Je ne leur prêtai que peu d'attention ; au lieu de quoi, je criai l'ordre de préparer les grappins.

Il semblait que la chance fût encore avec nous. Notre énorme vaisseau se cabra sur une forte vague exactement au bon moment et replongea droit sur le navire amiral des Xénans, le bois de notre coque raclant ses flancs et le déviant de telle façon qu'il se trouva dans une position parfaite pour nos grappins. Les cordes épaisses munies de griffes de fer jaillirent comme des serpents, s'accrochèrent au gréement, s'enfoncèrent dans le pont, s'accrochèrent aux bastingages.

A présent le bâtiment xénan était lié au nôtre. Nous le tenions serré contre nous, comme un amant serre sa maîtresse.

Et le même sourire de triomphe apparut sur mon visage. Je sentais le goût succulent de la victoire sur mes lèvres. C'était le goût le plus suave de tous. Moi, Erekosë, je fis signe à un esclave de courir à l'avant et de m'essuyer le visage avec un tissu humide. Je me redressai fièrement sur le pont. Juste derrière moi, à ma droite, se tenait le Roi Rigenos. A ma gauche se trouvait Katorn. J'eus une brusque impression de camaraderie entre nous. Je baissai orgueilleusement les yeux sur le pont des Xénans. Leurs guerriers paraissaient épuisés. Néanmoins, ils se tenaient prêts, flèches encochées, boucliers levés, poings crispés sur leurs épées à en devenir blancs. Ils nous observaient en silence, ne faisant aucune tentative pour couper les cordes, attendant que nous fassions le premier geste.

Quand deux navires amiraux en viennent ainsi au corps à corps, il y a toujours un temps avant que le combat se déchaîne. Ceci pour permettre aux deux commandants ennemis de parlementer et, si tous deux le désirent, de décider d'une trêve et des termes de cette trêve.

Alors, par-dessus la lisse de son haut pont, le Roi Rigenos se mit à hurler à l'adresse des Xénans qui le regardaient de leurs yeux étranges que la fumée piquait autant que les nôtres :

101

— Je suis le Roi Rigenos, et voici mon champion, l'immortel Erekosë, votre ancien ennemi, revenu pour vous défaire. Nous voulons parler un moment avec votre commandant, durant la trêve traditionnelle.

D'une tente de grosse toile sur l'arrière-pont émergea un homme de haute taille. A travers les lambeaux de fumée, je vis, d'abord de façon imprécise, un visage doré et pointu dont les yeux laiteux et tachetés de bleu avaient un regard triste au fond de leurs orbites, sous leur front incliné. Une voix surnaturelle, comme une musique, chanta sur la mer :

— Je suis le Duc Baynahn, Commandant de la Flotte xénanne. Nous ne voulons pas de termes compliqués pour une trêve avec vous, mais si vous nous laissez repartir maintenant, nous ne continuerons pas le combat.

Rigenos sourit. Katorn renifla avec mépris. « Comme c'est gentil ! grogna-t-il. Il sait qu'il est perdu. »

Rigenos eut un petit rire.

— Je trouve votre proposition quelque peu naïve, Duc Baynahn.

Le Duc haussa les épaules avec lassitude. « Alors finissons-en », soupira-t-il. Il leva une main gantée pour ordonner à ses hommes de lâcher leurs flèches.

— Attendez un instant ! cria Rigenos. Il existe un autre moyen, si vous désirez épargner vos hommes.

Lentement, Baynahn baissa la main. « Quel est-il ? » Son ton était circonspect.

— Si votre maître, Arjavh de Mernadin, est à bord de son navire-amiral — comme il le devrait, — qu'il sorte et se batte avec le Seigneur Erekosë, le champion de l'Humanité. » Le Roi Rigenos ouvrit les mains, paumes en avant. « Si Arjavh gagne... eh bien, vous partirez en paix. Si Erekosë gagne, alors vous serez nos prisonniers. »

Le Duc Baynahn se croisa les bras sur la poitrine. « Je dois vous dire que notre Prince Arjavh n'a pas pu être à temps à Paphanaal pour partir avec notre flotte. Il est dans l'Ouest, à Loos Ptokai. »

Le Roi Rigenos se tourna vers Katorn.

— Tuez-le, Katorn, dit-il doucement.

Le Duc Baynahn poursuivait : « Cependant, je suis prêt à combattre votre champion si...

— Non ! criai-je à Katorn. Arrêtez ! Roi Rigenos, c'est indigne — ceci est une trêve.

— Il ne peut être question d'honneur, Erekosë, quand il s'agit d'exterminer la vermine. Vous apprendrez vite cela. Tuez-le, Katorn !

Le Duc Baynahn fronçait les sourcils, visiblement perplexe devant notre dispute à voix basse, essayant d'en saisir le sens.

— Je combattrai votre Erekosë, dit-il. Est-ce d'accord ?

Et Katorn leva l'arbalète, le carreau siffla et j'entendis un hoquet étouffé quand il pénétra dans la gorge du parlementaire xénan.

Il porta les mains au carreau frémissant. Ses yeux étranges se voilèrent. Il s'abattit.

J'étais furieux de cette traîtrise chez quelqu'un qui parlait si souvent de la traîtrise ennemie. Mais ce n'était pas le moment de lui en faire reproche, car déjà les flèches des Xénans volaient vers nous en sifflant, et je devais assurer nos défenses et me préparer à prendre la tête du groupe d'abordage contre l'équipage trahi du navire ennemi.

Je me saisis d'une corde qui pendait, dégaînai mon épée rayonnante et laissai les mots jaillir de ma bouche, malgré ma colère contre Katorn et le roi.

— Pour l'Humanité ! criai-je. Mort aux Chiens du Mal !

Accroché à la corde, je me propulsai à travers l'air surchauffé qui me cinglait le visage et me laissai tomber, suivi de guerriers humains hurlants, au milieu des rangs xénans.

Et le combat s'engagea.

Ceux qui me suivaient prenaient garde de se tenir loin de moi tandis que l'épée ouvrait de pâles blessures chez les ennemis xénans, tuant même ceux qu'elle n'entaillait que légèrement. Nombreux furent ceux qui moururent

103

sous les coups de l'Epée Kanajana, mais je ne ressentais aucune joie dans ce combat, car j'étais toujours furieux des actes de mon peuple, et un tel massacre ne requérait aucun talent. La mort de leur commandant avait atterré les Xénans et ils étaient à l'évidence à moitié morts de fatigue, même s'ils se battaient bravement.

Les fins navires-requins semblaient contenir plus d'hommes que je ne l'avais estimé. Les Xénans au crâne allongé, se rendant bien compte que le contact de mon épée était mortel, se jetaient sur moi avec un courage féroce et désespéré.

Beaucoup maniaient des haches à long manche et me portaient des coups tout en se tenant hors de portée de mon épée. Ma lame n'était pas plus tranchante que n'importe quelle autre, et même en portant des coups de taille aux manches de leurs instruments, je n'arrivais à en faire sauter que quelques éclats. Je devais sans cesse me baisser et me battre en-dessous des haches tourbillonnantes.

Un jeune Xénan aux cheveux dorés bondit sur moi, balança son arme et me frappa à la plaque d'épaule, me faisant perdre l'équilibre.

Je roulai sur moi-même, essayant désespérément de reprendre pied sur le pont maculé de sang. La hache s'abattit à nouveau, sur mon plastron cette fois, me coupant la respiration. Je luttai pour me mettre en position accroupie, plongeai sous la hache et frappai le poignet nu du Xénan.

Un son bizarre, mi-grognement, mi-sanglot, s'échappa de ses lèvres. Il gémit et mourut. Le « poison » de mon épée avait encore fait son œuvre. Je ne comprenais toujours pas comment le métal lui-même pouvait être empoisonné, mais on ne pouvait douter de son efficacité. Je me remis debout, sentant des élancements dans tout mon corps meurtri et contemplant le jeune et brave Xénan, désormais étendu à mes pieds. Puis je regardai autour de moi.

Je vis que nous avions l'avantage. La dernière poche de Xénans se trouvait sur le pont principal ; ils se battaient farouchement, le dos à leur bannière — le Basilic d'Argent de Mernadin sur champ écarlate.

Je me dirigeai en trébuchant vers la mêlée. Les Xénans vendaient chèrement leur peau. Ils savaient qu'ils n'avaient aucune pitié à attendre de leurs ennemis humains.

Je m'arrêtai. Les guerriers n'avaient aucun besoin de mon aide. Je rengainai mon épée et observai les Xénans se faire déborder par nos forces et, même quand ils étaient durement touchés, continuer à se battre jusqu'à la mort.

Je jetai un coup d'œil autour de moi. Un étrange silence semblait entourer les deux navires accrochés l'un à l'autre, bien qu'on entendît au loin le son du canon.

Puis Katorn, qui avait mené l'attaque contre les derniers défenseurs, saisit vivement la bannière à l'image du basilic et la jeta dans le flot de sang xénan. D'un air fou, il se mit à piétiner le drapeau jusqu'à ce que ce dernier fût plein de sang et méconnaissable.

— Ainsi périront tous les Xénans ! hurla-t-il dans son triomphe dément. Tous ! Tous ! Tous !

Il descendit en chancelant sous le pont pour voir quel butin il pourrait trouver.

Le silence revint. La fumée commençait à se dissiper autour de nous, mais elle flottait plus haut, obscurcissant la lumière du soleil.

Maintenant que le navire amiral était pris, la journée était à nous. Il n'y aurait aucun prisonnier. Au loin, les guerriers humains victorieux étaient occupés à couler à coups de canon les vaisseaux xénans. Il semblait qu'aucun d'eux ne nous eût échappé : nulle voile ne fuyait à l'horizon. Nombre de nos propres navires avaient été détruits ou sombraient dans les flammes. Les bâtiments des deux forces en présence occupaient une vaste surface sur la mer et l'océan lui-même était couvert d'un grand tapis d'épaves et de cadavres, si bien que les navires survivants, comme en quelque mer des Sargasses, y semblaient pris au piège.

105

Pour ma part, tel était bien mon sentiment. Je voulais quitter ces lieux aussi vite que possible. L'odeur de la mort m'étouffait. Ce n'était pas la bataille que j'avais compté livrer. Ce n'était pas la gloire que j'avais espéré gagner.

Katorn remonta, son visage sombre empreint de satisfaction.

— Vous revenez les mains vides, dis-je. Pourquoi êtes-vous si content ?

Il s'essuya les lèvres. « Le Duc Baynahn avait sa fille avec lui.

— Est-elle encore vivante ?

— Plus maintenant.

Je frissonnai.

Katorn tendit le cou et regarda autour de lui. « Bien. Nous les avons achevés. Je vais donner des ordres pour qu'on brûle les navires restants.

— Voyons, dis-je, c'est du gaspillage. Nous pourrions utiliser ces navires pour remplacer ceux que nous avons perdus.

— Utiliser ces vaisseaux maudits ? Jamais ! » Sa bouche se tordit et il alla à grands pas jusqu'au bastingage du navire amiral xénan, d'où il cria à ses hommes de regagner avec lui leur propre vaisseau.

Je le suivis à contrecœur, avec un dernier regard vers le cadavre du Duc Baynahn, avec son cou mince où pointait le perfide carreau d'arbalète.

Puis je grimpai à bord de notre vaisseau et ordonnai de récupérer les grappins qui pouvaient l'être et de couper les autres.

Le Roi Rigenos m'accueillit avec effusion. Il n'avait pas pris part au combat proprement dit. « Vous vous êtes bien débrouillé, Erekösë. Ma foi, vous auriez pu prendre ce navire à vous tout seul.

— J'aurais pu le faire, dis-je. J'aurais pu prendre toute la flotte à moi tout seul...

Il rit. « Vous êtes très sûr de vous ! Toute la flotte !

— Oui-da. Il y avait un moyen.

Il fronça les sourcils. « Que voulez-vous dire ? »

106

— Si vous m'aviez laissé combattre le Duc Baynahn — comme il l'a proposé, — beaucoup de vies et beaucoup de navires auraient pu être épargnés. Nos vies. Nos navires.

— Mais vous n'avez pas pu le croire ? Les Xénans essayent toujours des tours de ce genre. Il n'y a aucun doute : si vous aviez accepté son plan, vous seriez monté à son bord et vous seriez retrouvé percé de cent flèches. Croyez-moi, Erekosë, vous ne devez pas vous laisser tromper. Nos ancêtres ont été trompés tant et tant — et voyez comme nous souffrons aujourd'hui !

Je haussai les épaules. « Vous avez peut-être raison.

— Bien sûr que j'ai raison. » Le Roi Rigenos tourna la tête et cria à l'équipage : « Mettez le feu à ce navire ! Incendiez ce maudit bâtiment xénan ! Dépêchez-vous, traînards ! »

Le Roi Rigenos était de bonne humeur. De très bonne humeur.

Je regardai les flèches enflammées se planter avec précision dans des balles de matériaux combustibles qu'on avait placées à des endroits stratégiques du vaisseau ennemi.

Le fin navire prit vite feu. Les corps des tués commencèrent à brûler et une fumée grasse monta soudain dans le ciel. Le brûlot partit à la dérive, ses canons d'argent ressemblant aux museaux d'animaux abattus, ses voiles scintillantes tombant en rubans enflammés sur le pont où déjà les flammes faisaient rage. Il eut soudain un long frisson, comme s'il rendait son dernier soupir.

— Envoyez-lui quelques coups de canon sous la ligne de flottaison, cria Katorn à ses canonniers. Assurons-nous que cette chose sombre une fois pour toutes.

Nos canons d'airain grondèrent, et les lourds boulets percutèrent le navire amiral xénan, faisant jaillir des gerbes d'eau et fracassant les membrures.

Le navire fit une embardée, mais sembla essayer

quand même de rester droit. Sa dérive se ralentit et il s'enfonça de plus en plus, puis s'immobilisa. Alors, tout à coup, il sombra rapidement et disparut.

Je pensai au duc xénan. Je pensai à sa fille.

Et dans un sens, je les enviai. Ils allaient connaître la paix éternelle, et moi je ne connaîtrais apparemment rien d'autre que le combat éternel.

Notre flotte commença à se réunir.

Nous avions perdu trente-huit vaisseaux de guerre et cent dix bâtiments plus petits de divers types.

Mais rien ne restait de la flotte xénanne.

Rien que les carcasses en feu que nous laissions maintenant derrière nous, alors que dans une allégresse assoiffée de combats, nous faisions voile vers Paphanaal.

13

PAPHANAAL

PENDANT le reste de notre traversée vers Papha-naal, j'évitai Katorn et le Roi Rigenos. Peut-être avaient-ils raison de penser qu'on ne pouvait pas faire confiance aux Xénans. Mais n'aurions-nous pas dû donner l'exemple ?

Le lendemain soir, le Comte Roldero me rendit visite.

— Vous avez fait du beau travail là-bas, dit-il. Votre tactique était superbe. Et j'ai entendu dire que vous aviez justifié votre réputation au combat au corps à corps. » Il jeta des coups d'œil autour de lui en feignant l'effroi et murmura, en pointant le pouce vers le haut : « Mais j'ai entendu dire que Rigenos avait jugé préfé-rable de ne pas exposer sa royale personne au danger, de crainte que nous autres guerriers ne perdions cou-rage.

— Oh, dis-je, il faut être juste. Il nous a accom-pagnés, ne l'oubliez pas. Il aurait pu ne pas venir. C'est ce que nous attendions tous. Connaissez-vous l'ordre qu'il a donné pendant la trêve avec le commandant ennemi ?

Roldero renifla. « Il l'a fait tuer par Katorn, c'est ça ?

— Oui.

— Eh bien… » Roldero me décocha un sourire. « Si vous trouvez des excuses à la lâcheté de Rigenos, je trouverai des excuses à sa traîtrise ! » Il partit d'un rire en cascade. « C'est équitable, non ? »

Je ne pus m'empêcher de sourire. Mais un instant plus

109

tard, redevenu sérieux, je dis : « Auriez-vous fait la même chose, Roldero ?

— Oh ! j'imagine. La guerre, après tout...

— Mais Baynahn était prêt à se battre avec moi. Il devait savoir que ses chances étaient minces. Il devait aussi savoir qu'on ne pouvait se fier à la parole de Rigenos...

— Si c'était le cas, alors il aurait agi comme Rigenos. C'est simplement que Rigenos a été le plus rapide. Rien d'autre que la tactique, vous le voyez ; l'astuce, c'est de deviner l'instant exact où il faut trahir.

— Baynahn n'avait pas l'air de quelqu'un qui aurait agi traîtreusement.

— C'était probablement un très brave homme qui s'occupait bien de sa famille. Je vous l'ai dit, Erekosë, ce n'est pas le caractère de Baynahn que je discute. Je dis simplement qu'en tant que guerrier, il aurait tenté ce qu'a réussi Rigenos — éliminer le chef ennemi. C'est un des principes de base de l'art de la guerre !

— Si vous le dites, Roldero...

— Je le dis. Maintenant, finissez votre verre.

Je finis mon verre. Et je bus beaucoup, pour m'abrutir. Désormais, il ne me fallait plus seulement combattre les souvenirs que je voyais en rêve, mais aussi les souvenirs récents.

Une autre nuit passa ; la flotte resta ancrée à environ une lieue marine de la côte.

Puis, dans l'aube changeante, les navires levèrent l'ancre et ramèrent en direction de Paphanaal, car il n'y avait pas de vent pour gonfler nos voiles.

Nous approchions de la terre.

Je vis monter des falaises et des montagnes noires.

Nous approchions.

Je vis un éclair brillant à l'est.

— *Paphanaal !* cria la vigie du haut de son précaire perchoir au sommet de la mâture.

Nous approchions.

Et Paphanaal fut devant nous.

Apparemment, elle n'était pas défendue. Nous avions laissé ses défenseurs au fond de l'océan, loin derrière nous.

Il n'y avait pas de dômes dans cette cité, ni de minarets. Il y avait des clochers, des contreforts et des créneaux qui se pressaient les uns contre les autres, comme si toute la cité n'était qu'un seul palais. Les matériaux étaient à couper le souffle. On voyait du marbre blanc veiné de rose, de bleu, de vert et de jaune. Du marbre orange, veiné de noir. Du marbre parementé d'or, de basalte, de quartz et de trapp en abondance.

C'était une cité resplendissante.

Comme nous nous approchions, nous ne vîmes personne sur les quais, dans les rues ou sur les remparts. J'en conclus que la ville avait été abandonnée.

Je me trompais.

La flotte entra dans le grand port et débarqua. Je formai nos armées en rangs disciplinés et les mis en garde contre un possible piège, sans y croire vraiment.

Les guerriers avaient passé le temps du voyage à réparer leurs vêtements et leurs armures, à briquer leurs armes et à faire des réparations sur les vaisseaux.

Tous nos navires emplissaient maintenant le port, leurs bannières flottant à la brise légère qui s'était levée alors que nous mettions le pied sur le pavé du quai. Portés par la brise, des nuages approchaient et le jour devenait gris.

Les guerriers se tenaient devant le Roi Rigenos, Katorn et moi-même, rang après rang, leurs armures brillantes, les bannières flottant paresseusement dans la brise.

Il y avait sept cents divisions, avec un Maréchal pour cent d'entre elles, un Capitaine pour vingt-cinq et un Chevalier par division.

Le vin avait effacé le souvenir de la bataille et je sentis revenir mon vieil orgueil en regardant les Paladins et les Armées de l'Humanité assemblés devant moi. Je les haranguai :

— Maréchaux, Capitaines, Chevaliers et Guerriers de l'Humanité, vous avez devant vous un Chef de Guerre victorieux.

— Oui ! rugirent-ils avec jubilation.

— Nous serons victorieux ici et partout sur la terre de Mernadin. Allez à présent, avec prudence, et fouillez ces bâtiments pour y chercher les Xénans. Mais faites attention. Cette cité pourrait dissimuler une armée, souvenez-vous-en !

Le Comte Roldero, au premier rang, éleva la voix.

— Et le butin, Seigneur Erekosë ? Qu'en est-il ? »

Le Roi Rigenos agita la main. « Prenez tout le butin que vous voulez. Mais rappelez-vous ce qu'a dit Erekosë : méfiez-vous de choses comme la nourriture empoisonnée. Même les coupes à vin peuvent être enduites de poison. Dans cette cité maudite, n'importe quoi peut être empoisonné ! »

Les divisions se mirent en marche, chacune prenant une direction différente.

Je les regardai s'éloigner et pensai que si la cité les recevait en son sein, elles n'y étaient pas pour autant les bienvenues.

Je me demandais ce que nous trouverions à Paphanaal. Des pièges ? Des tireurs embusqués ? Toutes choses empoisonnées, comme l'avait dit Rigenos ?

Nous découvrîmes une cité de femmes.

Pas un seul Xénan mâle ne restait.

Pas un garçon de plus de douze ans. Pas un vieillard de quelque âge que ce fût.

Nous les avions tous tués en mer.

14

ERMIZHAD

JE ne sus pas comment les enfants furent tués. Je suppliai le Roi Rigenos de ne pas donner cet ordre. J'implorai Katorn de les épargner — de les chasser de la cité s'il le fallait, mais de ne pas les tuer.

Mais les enfants furent tués. Je ne sais pas combien il y en avait.

Nous nous étions installés dans le palais qui avait appartenu au Duc Baynahn lui-même. Il avait été, avions-nous appris, Gouverneur de Paphanaal.

Je m'enfermai dans mes quartiers tandis qu'au-dehors se poursuivait le massacre. Je me faisais sardoniquement la réflexion que malgré leurs discours sur la « pourriture » xénanne, ils ne semblaient pas répugner à s'intéresser à leurs femmes.

Je ne pouvais rien faire. Je ne savais même pas si je devais faire quelque chose. Rigenos m'avait amené ici pour me battre pour l'Humanité, pas pour la juger, et après tout j'avais accepté de répondre à son appel — sans doute avec raison. Mais j'avais oublié toute raison.

J'étais assis dans une chambre exquisement meublée d'un délicat mobilier et de tapisseries fines et légères aux murs et au sol. Je contemplais ces pièces d'art xénan en sirotant le vin aromatique xénan et en essayant de ne pas entendre les cris des enfants xénans qu'on massacrait dans leurs lits, dans leurs maisons, dans les rues de l'autre côté des murs peu épais du palais.

113

Je regardai l'Epée Kanajana que j'avais appuyée dans l'angle d'un mur, et je haïs cet objet empoisonné. Je m'étais dépouillé de mon armure et j'étais seul.

Et je bus encore du vin.

Mais le vin des Xénans commença à prendre un goût de sang ; je jetai ma coupe loin de moi, trouvai une outre que le comte Roldero m'avait donnée et, la portant à mes lèvres, la vidai du vin amer qu'elle contenait.

Mais je n'arrivais pas à m'enivrer. Je ne pouvais pas faire cesser les hurlements qui montaient des rues. Je ne pouvais éviter de voir les ombres vacillantes sur les tapisseries que j'avais tirées devant les fenêtres. Je ne pouvais pas m'enivrer et par conséquent je ne pouvais même pas essayer de dormir, car je savais ce qui allait suivre et j'avais presque aussi peur de rêver que de réfléchir aux implications de ce que nous faisions aux habitants de Paphanaal.

Pourquoi étais-je ici ? Oh, pourquoi étais-je ici ?

Il y eut un bruit derrière ma porte, puis un coup fut frappé.

— Entrez, dis-je.

Personne n'entra. J'avais parlé à voix trop basse.

Il y eut un nouveau coup à la porte.

Je me levai et, d'une démarche incertaine, allai à la porte et l'ouvrit violemment.

— Ne pouvez-vous pas me laisser en paix ?

Effrayé, un soldat de la Garde Impériale se tenait devant moi. « Seigneur Erekosë, pardonnez-moi de vous déranger, mais je porte un message de la part du Roi Rigenos.

— Quel est ce message ? dis-je sans plus d'intérêt.

— Il aimerait que vous le rejoigniez. Il dit qu'il y a encore des plans à discuter.

Je soupirai. « Très bien. Je vais descendre sous peu. »

Le soldat partit précipitamment dans le couloir.

Enfin, à contrecœur, je rejoignis les autres conquérants. Tous les maréchaux étaient présents et célébraient leur victoire, nonchalamment étendus sur des coussins. Le Roi Rigenos était là aussi, tellement ivre que je l'enviai. Et, à mon soulagement, Katorn n'était pas dans la pièce.

Il était sans doute à la tête des pillards.

Quand j'entrai dans la salle, une immense acclamation monta du groupe des maréchaux, et ils levèrent leurs coupes de vin en mon honneur.

Je ne leur répondis pas et me dirigeai vers l'endroit où le roi était assis, seul, le regard fixe et vide.

— Vous souhaitez discuter des campagnes à venir, Roi Rigenos, dis-je. Etes-vous sûr... ?

— Ah, mon ami Erekosë. L'immortel. Le Champion. Le sauveur de l'Humanité. Salutations, Erekosë. » Avec des maladresses d'ivrogne, il posa une main sur mon bras. « Je vois que vous désapprouvez mon insobriété peu royale.

— Je ne désapprouve rien, dis-je. J'ai moi-même beaucoup bu.

— Mais vous — un immortel — vous pouvez maîtriser... (il rota)... maîtriser l'alcool que vous absorbez.

Je me forçai à sourire et dis : « Vous avez peut-être un alcool plus fort. Si oui, laissez-moi l'essayer.

— Esclave ! cria le Roi Rigenos d'une voix perçante. Esclave ! Encore du vin pour mon ami Erekosë !

Un rideau s'écarta et un petit Xénan apparut, tout tremblant. Il portait une outre de vin presque aussi grande que lui.

— Je vois que vous n'avez pas tué tous les enfants, dis-je.

Le Roi Rigenos gloussa. « Pas encore. Pas tant qu'on leur trouve un usage ! »

Je pris le récipient des mains de l'enfant et lui fis signe de la tête. « Tu peux aller. » Je soulevai l'outre, portai l'ouverture à mes lèvres et bus longuement. Mais le vin refusait toujours d'engourdir mon

115

cerveau. Je lançai l'outre à travers la pièce ; elle tomba lourdement et répandit du vin sur les tapis et les coussins.

Le Roi Rigenos continuait à glousser : « Bravo ! Bravo ! »

Ces gens étaient des barbares. Soudain, je regrettai de ne plus être John Daker. John Daker, studieux, malheureux, qui vivait une vie tranquille, retirée, à la poursuite d'une érudition sans objet.

Je me tournai pour quitter la pièce.

— Restez, Erekosë. Je veux vous chanter une chanson. C'est une chanson ordurière sur ces ordures de Xénans...

— Demain...

— Nous sommes déjà demain !

— Je dois me reposer...

— Je suis votre roi, Erekosë. Vous me devez votre forme matérielle. Ne l'oubliez pas !

— Je ne l'ai pas oublié.

Les portes s'ouvrirent brusquement et des hommes traînèrent une jeune fille dans la salle.

Katorn ouvrait la marche et souriait comme un loup rassasié.

La jeune fille avait les cheveux noirs et un visage d'elfe. Elle avait composé ses traits étrangers pour dissimuler sa peur. Elle avait une étrange beauté, toujours présente mais changeant à chaque fois qu'elle respirait. On avait déchiré ses vêtements, meurtri ses bras et son visage.

— Erekosë ! » Katorn entra derrière ses hommes. Lui aussi était très ivre. « Erekosë — Rigenos, mon seigneur et roi — *regardez !* »

Le roi cligna des yeux et regarda la fille avec dégoût. « Pourquoi devrions-nous nous intéresser à une catin xénanne ? Hors d'ici, Katorn. Faites-en l'usage que vous voudrez — cela ne regarde que vous — mais assurez-vous qu'elle ne soit pas en vie quand nous quitterons Paphanaal.

— Non ! dit Katorn en riant. Regardez ! Regardez-la !

116

Le Roi haussa les épaules et inspecta la vinasse qui emplissait sa coupe.

— Pourquoi l'avez-vous amenée ici, Katorn ? demandai-je calmement.

Katorn se tordait de rire. Ses lèvres épaisses s'ouvrirent en grand et il nous rugit au visage : « Vous ne savez pas qui c'est, c'est évident !

— Emmenez d'ici cette putain xénanne, Katorn ! » La voix du Roi s'éleva sous l'effet d'une irritation d'ivrogne.

— Mon seigneur... ce... c'est *Ermizhad* !

— Quoi ? » Le Roi se pencha en avant et considéra la jeune fille. « Quoi ? Ermizhad, cette gueuse ? Ermizhad des Mondes Fantômes ! »

Katorn approuva. « Elle-même. »

Le Roi se dégrisa un peu. « Elle a entraîné maints mortels à leur mort, m'a-t-on dit. Elle mourra sous la torture pour ses crimes luxurieux. Elle finira sur le bûcher. »

Katorn secoua la tête. « Non, Roi Rigenos — du moins, pas tout de suite. Oubliez-vous que c'est la *sœur* du Prince Arjavh ? »

Le Roi hocha la tête avec une gravité feinte. « Bien sûr, la sœur d'Arjavh.

— Et les implications, mon seigneur ? Nous devrions la garder prisonnière, ne pensez-vous pas ? Elle fera un bon otage, non ? Une bonne monnaie d'échange, en cas de besoin ?

— Ah, évidemment. Oui. Vous avez bien fait, Katorn. Gardez-la prisonnière. » Le Roi eut un sourire idiot. « Non. Ce n'est pas juste. Vous avez mérité de vous amuser encore cette nuit. Qui ne souhaite pas s'amuser... (Il me regarda.) Erekosë — Erekosë qui n'arrive pas à s'enivrer. Elle sera donc à votre charge, Champion.

J'acquiesçai. « J'accepte cette charge », dis-je. Je plaignais la jeune fille, quels que fussent les terribles crimes qu'elle eût commis.

Katorn me regarda d'un air soupçonneux.

117

— Ne vous inquiétez pas, Seigneur Katorn, dis-je. Faites ce que vous a dit le roi — continuez à vous amuser. Tuez-en encore quelques-uns. Violez-en encore quelques-unes. Il doit en rester un bon nombre.

Katorn fronça les sourcils. Puis son visage s'éclaira un peu.

— Quelques-uns peut-être, dit-il. Mais nous avons fait les choses à fond. Elle sera, je pense, la seule à vivre pour voir le soleil se lever. » Il donna du pouce un coup à la prisonnière, puis fit un signe à ses hommes. « Venez ! Finissons notre travail. »

Il sortit à grands pas.

Le Comte Roldero se leva lentement et vint me rejoindre là où j'étais, le regard posé sur la Xénanne.

Le Roi leva les yeux. « Bien. Veillez à ce qu'il ne lui arrive rien, Erekosë, dit-il cyniquement. Veillez à ce qu'il ne lui arrive rien, car elle constituera un pion utile dans notre jeu avec Arjavh.

— Emmenez-la dans mes appartements, dans l'aile est, dis-je aux gardes, et assurez-vous qu'on ne la rudoie pas et qu'elle ne risque pas de s'évader.

Ils l'emmenèrent et presque aussitôt qu'elle fut partie, le Roi Rigenos essaya de se mettre debout, chancela et tomba par terre à grand bruit.

Le Comte Roldero eut un petit sourire. « Notre suzerain n'est pas lui-même, dit-il. Mais Katorn a raison. Cette pute xénanne nous sera utile.

— Je vois son utilité comme otage, dis-je, mais je ne comprends pas cette référence aux « Mondes Fantômes ». J'en ai déjà entendu parler une fois. Que sont-ils, Roldero ?

— Les Mondes Fantômes ? Ma foi, nous tous les connaissons. J'aurais pensé que c'était votre cas également. Mais nous n'en parlons pas souvent...

— Pourquoi cela ?

— Les humains ont si peur des alliés d'Arjavh qu'ils n'en parlent guère, par terreur de les évoquer par leurs paroles, vous comprenez...

— Je ne comprends pas.

Roldero se frotta le nez et toussa. « Je ne suis pas superstitieux, Erekosë, dit-il. De même que vous.

— Je le sais. Mais que sont les Mondes Fantômes ?

Roldero paraissait inquiet. « Je vais vous le dire, mais je suis gêné de le faire dans cet endroit maudit. Les Xénans les connaissent mieux que nous. Nous pensions, au début, que vous-même y étiez prisonnier. C'est pourquoi j'étais étonné.

— Que sont-ils ?

— Les Mondes Fantômes se trouvent au-delà de la Terre — au-delà du Temps et au-delà de l'Espace — et ne sont reliés à la Terre que par le plus ténu des liens.

Roldero baissa le ton, mais il continua dans un murmure :

— Dans ces mondes déchiquetés vivent les serpents aux nombreux anneaux qui sont la terreur et le fléau des huit dimensions. Là vivent aussi des fantômes et des hommes — ceux qui ressemblent à des hommes et ceux qui n'y ressemblent pas —, ceux qui se savent voués à vivre hors du Temps et ceux qui ignorent leur funeste destin. Là vivent encore des parents des Xénans — les mi-êtres.

— Mais que sont ces mondes ? demandai-je avec impatience.

Roldero se passa la langue sur les lèvres. « Ce sont les mondes où vont parfois des sorciers humains cherchant des savoirs étrangers, et d'où ils font sortir des alliés aux pouvoirs horribles et aux actions répugnantes. On dit que dans ces mondes, un initié peut rencontrer ses camarades tués depuis longtemps, ses amours mortes et ses parents défunts, et surtout ses ennemis — ceux dont il a causé la mort. Des ennemis malveillants aux énormes pouvoirs — ou des infortunés incomplets et qui n'ont plus qu'une moitié d'âme.

Je fus convaincu par ces paroles murmurées, peut-être à cause de tout ce que j'avais bu. Etaient-ce ces Mondes Fantômes qui étaient à l'origine de mes étranges rêves ? Il me fallait en savoir plus.

— Mais que sont-ils, Roldero ? Où sont-ils ?

Roldero secoua la tête. « Je ne m'intéresse pas à de tels mystères, Erekosë. Je n'ai jamais été très mystique. Je crois — mais je ne cherche pas. Je n'ai de réponse à aucune de vos questions. Ce sont des mondes pleins d'ombre et de rivages lugubres que battent des mers grisâtres. Une sorcellerie puissante peut parfois en évoquer le triste peuple sur la Terre, pour hanter, aider — ou terroriser. Nous pensons que les Xénans sont venus à l'origine de ces semi-mondes, s'ils ne sont pas nés, comme le disent nos légendes, de la matrice d'une Reine perverse qui offrit sa virginité à Azmobaana en échange de l'immortalité — immortalité dont héritèrent ses rejetons. Mais les Xénans sont bien matériels, bien qu'ils n'aient pas d'âme, tandis que les Armées Fantômes sont rarement de chair ferme.

— Et Ermizhad... ?

— La Catin des Mondes Fantômes.

— Pourquoi l'appelle-t-on ainsi ?

— On dit qu'elle s'accouple avec des goules », marmonna le Comte Roldero. Il haussa les épaules et avala une nouvelle gorgée de vin. « En échange des faveurs qu'elle leur accorde, elle reçoit des pouvoirs spéciaux sur les mi-êtres, qui sont les amis des goules. Les mi-êtres l'adorent, à ce qu'on m'a dit, autant que de telles créatures puissent aimer.

Je n'arrivais pas à le croire. La fille paraissait jeune. Innocente. Je le dis au comte.

Roldero écarta ma remarque d'un geste. « Comment peut-on savoir l'âge d'un immortel ? Regardez-vous. Quel âge avez-vous, Erekosë ? Trente ans ? Vous ne faites pas plus.

— Mais je ne vis pas depuis toujours, dis-je. Du moins, pas dans le même corps, je ne crois pas.

— Mais comment faites-vous pour savoir ?

Je ne pus lui répondre, bien sûr.

— Eh bien, dis-je, je crois que votre histoire comprend une bonne dose de superstition. Je ne m'y serais pas attendu de votre part, mon vieil ami.

— Croyez-moi ou non, marmonna Roldero. Mais vous avez intérêt à me croire tant que le mensonge ne sera pas prouvé, hein ?

— Vous avez peut-être raison.

— Parfois vous m'étonnez, Erekosë, dit-il. Vous êtes là, vous devez votre propre existence à une incantation, et vous êtes l'homme le plus sceptique que je connaisse !

Je souris à ces paroles. « Oui, Roldero. Je devrais croire plus. Je devrais croire plus.

— Venez, dit Roldero en se dirigeant vers le roi couché sur le ventre, le nez dans une flaque de vin. Allons mettre notre seigneur au lit avant qu'il se noie.

Il fallut le soulever, appeler des soldats à la rescousse pour le hisser en haut des escaliers et finalement le laisser tomber sur son lit.

Roldero mit une main sur mon épaule. « Et cessez de broyer du noir, ami. Cela ne fera aucun bien. Croyez-vous que j'apprécie ce massacre d'enfants ? Ces viols de jeunes filles ? » Il s'essuya la bouche du dos de la main comme pour se débarrasser d'un goût désagréable. « Mais si nous ne le faisons pas maintenant, Erekosë, ce sont nos enfants et nos jeunes filles qui le subiront un jour. Je sais que les Xénans sont beaux. Mais beaucoup de serpents le sont. Certaines espèces de loups le sont aussi, qui s'attaquent aux moutons. Il est plus courageux de faire ce qu'il faut faire que de se mentir et de se dire qu'on n'est pas en train de le faire. Vous me suivez ?

Debout dans la chambre à coucher du Roi, nous nous regardions dans les yeux.

— Vous êtes très bon, Roldero, dis-je.

— C'est un conseil que je vous donne dans votre intérêt, me dit-il.

— Je le sais.

— Ce n'est pas vous qui avez décidé de massacrer les enfants, dit-il.

— Mais c'est moi qui ai décidé de n'en rien dire au Roi Rigenos, rétorquai-je.

A la mention de son nom, le Roi s'agita et se mit à marmotter dans son hébétude.

121

— Venez, sourit Roldero. Sortons d'ici avant qu'il se rappelle les paroles de cette chanson ordurière qu'il avait promis de nous chanter.

Une fois hors de la chambre, nous nous séparâmes dans le couloir. Le Comte Roldero me regarda avec quelque souci. « Ces choses doivent être faites, dit-il. Nous nous trouvons être les instruments d'une décision prise il y a des siècles. Ne vous tracassez pas avec des problèmes de conscience. L'avenir nous considérera peut-être comme des bouchers aux mains pleines de sang. Mais nous ne sommes rien de tel, et nous le savons. Nous sommes des hommes. Nous sommes des guerriers. Et nous sommes en guerre avec ceux qui veulent nous anéantir.

Je ne dis rien, mais posai la main sur son épaule, puis me détournai et regagnai mes appartements solitaires.

Dans le trouble de mon âme, j'avais presque oublié la jeune fille avant de voir le garde à ma porte.

— La prisonnière est-elle en lieu sûr ? lui demandai-je.

— Il n'y a pas d'issue, dit le garde. Du moins, Seigneur Erekosë, pas d'issue qu'un humain puisse utiliser. Mais si elle devait évoquer ses alliés, les miêtres...

— Nous nous en inquiéterons quand ils se matérialiseront », lui dis-je. Il déverrouilla la porte et j'entrai.

Une seule lampe brûlait et j'y voyais à peine. Je pris sur une table une bougie filée et m'en servis pour allumer une autre lampe.

La jeune Xénanne était allongée sur le lit. Ses yeux étaient clos, mais ses joues portaient des traces de larmes.

Ainsi ils pleurent comme nous, pensai-je.

J'essayai de ne pas la déranger, mais elle ouvrit les yeux et je crus y voir de la peur, mais c'était difficile à dire, car ses yeux étaient vraiment étranges — dépourvus de globes et tachetés d'or et de bleu. En les voyant, je me rappelai ce que m'avait dit Roldero et je commençai à le croire.

— Bonjour, dis-je, de façon un peu inepte.

Ses lèvres s'entrouvrirent, mais elle ne dit rien.

— Je ne veux pas vous faire de mal, dis-je faute de mieux. J'aurais épargné les enfants si je l'avais pu. J'aurais épargné les guerriers à la bataille. Mais je n'ai que le pouvoir de mener les hommes se tuer les uns les autres. Je n'ai pas le pouvoir de sauver leur vie.

Elle fronça les sourcils.

— Je suis Erekosë, dis-je.

— Erekosë ? » le mot devenait musique quand elle le disait. Elle le prononçait avec plus de facilité et d'intimité que moi-même.

— Vous savez qui je suis ?

— Je sais qui vous étiez.

— Je suis ressuscité, dis-je. Ne me demandez pas comment.

— Vous ne paraissez pas heureux d'être ressuscité, Erekosë.

Je haussai les épaules.

— Erekosë, répéta-t-elle. Puis elle émit un rire bas et amer.

— Pourquoi riez-vous ?

Mais elle ne voulut plus rien dire. J'essayai de parler encore avec elle. Elle ferma les yeux. Je quittai la pièce et me mis au lit dans celle d'à côté.

Le vin — ou quelque chose d'autre — avait enfin fait son effet, car je dormis raisonnablement bien.

15

LE RETOUR

LE lendemain matin, je me levai, fis ma toilette, m'habillai et frappai à la porte d'Ermizhad.

Il n'y eut pas de réponse.

Pensant qu'elle s'était peut-être évadée et que Katorn me soupçonnerait aussitôt de l'avoir aidée, j'ouvris la porte d'un coup et entrai.

Elle ne s'était pas évadée. Elle était toujours couchée sur le lit, mais maintenant ses yeux étaient ouverts et elle contemplait le plafond. Ces yeux m'étaient aussi mystérieux que les profondeurs piquetées d'étoiles de l'univers.

— Avez-vous bien dormi ? demandai-je.

Elle ne répondit pas.

— Vous ne vous sentez pas bien ? repris-je — autre question idiote. Mais elle avait à l'évidence décidé de ne plus communiquer avec moi. Je fis une dernière tentative, puis la laissai et descendis à la grande salle du Gouverneur occis. Roldero m'y attendait, en compagnie de quelques autres maréchaux qui paraissaient avoir la gueule de bois, mais le Roi Rigenos et Katorn étaient invisibles.

Les yeux de Roldero pétillèrent. « Vous n'avez pas de roulements de tambours sous le crâne, on dirait. »

Il avait raison. Je n'y avais pas réfléchi, mais je ne ressentais pas de séquelles des énormes quantités de vin bues la nuit précédente.

— Je me sens très bien, dis-je.

124

— Ah, maintenant, je crois volontiers que vous êtes un immortel ! dit-il en riant. Je ne m'en tire pas à si bon compte. Ni le Roi Rigenos, dirait-on, ni Katorn, ni aucun de ceux qui s'amusaient tant hier soir. » Il se rapprocha et me dit discrètement : « J'espère que vous avez meilleur moral aujourd'hui, mon ami.

— Je crois que oui », dis-je. En fait, je me sentais vidé de toute émotion.

— Parfait. Et la créature xénanne ? Toujours en lieu sûr ?

— Toujours.

— Elle n'a pas essayé de vous séduire ?

— Au contraire ; elle refuse absolument de me parler !

— C'est aussi bien. » Roldero regarda autour de lui avec impatience. « J'espère qu'ils vont se lever rapidement. Il y a beaucoup de choses à discuter. Continuons-nous vers l'intérieur du pays, ou faisons-nous autre chose ?

— Il était convenu que le meilleur plan consistait à laisser ici un bon détachement, suffisant pour défendre la cité, et à retourner aux Deux Continents pour refaire notre équipement et pour bloquer toute tentative de nous envahir pendant que notre flotte serait à Papha-naal.

Roldero hocha la tête. « C'est le plan le plus sensé. Mais je ne l'aime guère. Il est logique, mais ne répond pas à l'impatience que j'ai d'attaquer l'ennemi. »

J'étais d'accord avec lui. « J'aimerais en avoir fini aussi vite que possible », lui dis-je.

Mais nous n'avions pas une idée bien nette de l'endroit où étaient rassemblées les forces xénannes. Il y avait quatre autres grandes cités sur le continent de Mernadin. La plus importante était Loos Ptokai, située près des Plaines de Glace Fondante, où était le quartier général d'Arjavh. D'après ce qu'avait dit le Xénan sur le navire amiral, il était ou là-bas, ou en route pour reprendre Paphanaal. Cette dernière hypothèse nous semblait la bonne, car Paphanaal était la position la plus importante de la côte. Cette cité entre nos mains, nous tenions un bon port où faire atterrir nos vaisseaux et débarquer nos hommes.

Et si Arjavh marchait réellement contre nous, tout ce que nous avions à faire était d'économiser notre énergie et d'attendre. Nous pensions pouvoir laisser le gros de nos forces à Paphanaal, retourner à notre propre base de Noonos et en ramener les guerriers qui, par manque de navires, n'avaient pu nous accompagner lors de l'expédition préliminaire.

Mais Roldero avait autre chose derrière la tête. « Nous ne devons pas oublier les Iles Extérieures, me dit-il. Elles se trouvent au Bord du Monde. Il faut nous emparer des Iles Extérieures dès que possible.

— Les Iles Extérieures ? Quelle est leur valeur stratégique ? lui demandai-je. Et pourquoi n'ont-elles pas été mentionnées dans nos plans ?

— Ah, dit le comte Roldero. Ah, c'est que nous n'aimons pas, surtout quand nous sommes chez nous, parler des Mondes Fantômes... »

Je pris mon air le plus désespéré. « Et revoilà les Mondes Fantômes !

— Les Iles Extérieures se trouvent dans le Passage qui mène aux Mondes Fantômes, dit Roldero sans perdre son sérieux. De là, les Xénans peuvent évoquer leurs alliées, les goules. Maintenant que Paphanaal est prise, peut-être devrions-nous concentrer nos forces pour écraser celles de l'ouest — au Bord du Monde.

Avais-je eu tort d'être si sceptique ? Ou Roldero surestimait-il la puissance des habitants des Mondes Fantômes ? « Roldero — avez-vous déjà vu ces mi-êtres ? demandai-je.

— Oh oui, mon ami, répliqua-t-il. Vous vous trompez si vous les prenez pour des créatures de légende. Ils sont, dans un sens, très réels. »

Je fus plus convaincu. Je me fiais plus à l'opinion de Roldero qu'à celle de la plupart des autres.

— Peut-être alors faudrait-il changer légèrement notre stratégie, dis-je. Nous pouvons laisser ici le gros de l'armée pour attendre qu'Arjavh marche sur la cité et gaspille son énergie à l'assiéger par la terre. Nous, nous retournons à Noonos avec la plus grande partie de la flotte, ajoutons à nos forces tous les navires qui seront parés, embarquons de nouveaux guerriers — et allons attaquer les Iles Extérieures en laissant Arjavh, si nous ne nous trompons pas, épuiser sa propre armée en essayant de reprendre Paphanaal.

Roldero approuva. « Voilà qui paraît sage, Erekosë. Mais... et la fille — notre otage ? Comment l'utiliserons-nous à notre avantage ? »

Je fronçai les sourcils. L'idée même de l'utiliser ne me plaisait pas. Je me demandai où elle serait le plus en sûreté.

— J'imagine qu'il faut la garder le plus loin d'ici possible, dis-je. Nécranal serait le meilleur endroit. Il y a peu de chances pour que ceux de son peuple arrivent à la secourir et si elle se débrouillait pour s'évader, elle aurait de gros problèmes pour rentrer. Qu'en pensez-vous ?

Roldero hocha la tête. « Je pense que vous avez raison. C'est judicieux.

— Nous devons parler de tout cela avec le Roi, bien entendu, dis-je gravement.

— Bien entendu, dit Roldero, et il cligna de l'œil.

— Et avec Katorn, ajoutai-je.

— Et avec Katorn, acquiesça-t-il. « Surtout avec Katorn.

Ce ne fut que bien après midi que nous eûmes l'occasion de parler à Katorn et au roi. Tous deux étaient blêmes et furent prompts à approuver nos suggestions, comme ils auraient, semblait-il, approuvé n'importe quoi du moment qu'on les laissait tranquilles.

— Nous établirons notre position ici, dis-je au roi, et nous retournerons à Noonos dans la semaine. Il ne faut pas perdre de temps. Maintenant que nous avons conquis Paphanaal, il faut s'attendre à de féroces contre-attaques des Xénans...

— Oui », marmonna Katorn. Il avait les yeux rouges. « Et vous avez raison d'entraver les appels d'Arjavh à ses terrifiantes Armées Fantômes.

— Je suis heureux que vous approuviez mon plan, Seigneur Katorn, dis-je.

Il eut un sourire tors. « Vous commencez à faire vos preuves, mon seigneur, je dois le dire. Encore un peu trop de douceur envers nos ennemis, mais vous commencez à comprendre ce qu'ils sont...

— Je me le demande, dis-je.

Il restait quelques détails mineurs à régler et, tandis que les guerriers victorieux continuaient à se faire plaisir avec le butin xénan, la discussion se poursuivit jusqu'à ce que le plan fût parfaitement au point.

C'était un bon plan.

Il marcherait si les Xénans réagissaient comme prévu. Et nous étions assez sûrs de nous.

Nous convînmes que le Roi Rigenos et moi repartirions avec la flotte, en laissant Katorn à la tête de l'armée de Paphanaal. Roldero choisit également de nous accompagner. Le gros des guerriers resterait sur place. Il nous fallait espérer que les Xénans n'avaient pas une autre flotte dans les parages, car nous ne voyagerions qu'avec nos marins et aurions les plus grandes difficultés à nous défendre si on nous attaquait en mer.

Mais chaque éventualité comportait des risques et nous devions choisir les actes les plus probables des Xénans et nous déterminer sur elles.

Les préparatifs prirent quelques jours. Bientôt nous fûmes prêts à prendre la mer.

Nous sortîmes du port de Paphanaal avec la marée de l'aube : nos vaisseaux se traînaient quelque peu sur les eaux, alourdis qu'ils étaient par tous les trésors pris aux Xénans.

A contrecœur, le Roi avait accepté de donner à Ermizhad des quartiers décents, à côté des miens. Son attitude envers moi semblait avoir changé depuis la première nuit de beuverie à Paphanaal. Il se montrait réservé, presque embarrassé en ma présence. Il se rappelait sans doute vaguement qu'il s'était plus ou moins rendu ridicule, et que j'avais refusé de célébrer la victoire ; peut-être était-il jaloux de la gloire que j'avais gagnée en son nom, même si les dieux savaient que je ne voulais aucune part de cette gloire souillée ?

Peut-être aussi ressentait-il mon dégoût envers cette guerre que j'avais accepté de faire pour lui, et avait-il peur que j'en vienne soudain à refuser d'être le Champion dont il pensait avoir si désespérément besoin ?

Je n'eus pas l'occasion d'en parler avec lui, et le Comte Roldero ne trouva rien pour justifier le Roi Rigenos, sinon que le massacre l'avait peut-être dégoûté autant que moi.

Je n'en étais pas sûr, car le Roi paraissait haïr encore plus les Xénans, comme le montra clairement sa façon de traiter Ermizhad.

Celle-ci refusait toujours de parler. Elle mangeait à peine et quittait rarement sa cabine. Mais un soir, alors que je me promenais sur le pont, je la vis appuyée au bastingage et contemplant la mer en dessous d'elle comme si elle songeait à se jeter dans ses profondeurs.

J'accélérai le pas de façon à être près d'elle si elle tentait vraiment de se jeter par-dessus bord. Elle se tourna à demi à mon approche, puis regarda ailleurs.

A ce moment, le Roi apparut sur la dunette et m'adressa la parole.

— Je vois que vous vous êtes donné du mal, Seigneur Erekosë, pour avoir le vent derrière vous en approchant de la chienne xénane.

Je m'arrêtai et levai les yeux vers lui. D'abord, je ne compris pas de quoi il parlait. Je jetai un coup d'œil à Ermizhad qui faisait semblant de ne pas avoir entendu l'insulte du Roi. Je feignis moi aussi de ne pas comprendre le sens de ses paroles et fis un petit salut de politesse.

Puis, délibérément, je dépassai Ermizhad, m'arrêtai près du bastingage et regardai la mer.

129

— Peut-être n'avez-vous aucun sens de l'odorat, Seigneur Erekosë, cria le Roi. A nouveau, je ne prêtai pas attention à la remarque.

— Je regrette d'avoir à tolérer de la vermine sur ce navire, alors que nous nous sommes donné tant de mal pour gratter nos ponts et les débarrasser de leur sang infect, poursuivit le Roi.

Cette fois je me retournai, exaspéré, mais il avait quitté la dunette. Je regardai Ermizhad ; son regard était toujours baissé sur les eaux sombres que balayaient nos avirons. Elle semblait presque hypnotisée par leur rythme. Je me demandai si vraiment elle avait entendu les insultes.

Ce genre de scène se répéta plusieurs fois à bord du navire amiral *Iolinda,* tandis que nous continuions notre route vers Noonos.

Chaque fois que le Roi Rigenos en avait l'occasion, il parlait d'Ermizhad en sa présence comme si elle n'était pas là ; il exprimait son dédain pour elle et son dégoût pour toute sa race.

J'avais de plus en plus de mal à maîtriser ma colère, mais j'y parvins, et Ermizhad, pour sa part, ne montrait aucun signe qu'elle fût offensée par la façon grossière dont le roi parlait d'elle et des siens.

Je ne voyais pas Ermizhad autant que je l'aurais voulu, mais, malgré les mises en garde du Roi, j'en vins à l'apprécier. C'était certainement la plus belle femme que j'eusse jamais vue. Sa beauté était différente de la froide perfection de Iolinda, ma fiancée.

Qu'est-ce que l'amour ? Encore maintenant, alors que la trame de ma destinée particulière semble avoir été achevée, je n'en sais rien. Oh oui, j'aimais toujours Iolinda, mais je crois que, sans le savoir, j'étais en train de tomber également amoureux d'Ermizhad.

Je refusais de croire les histoires qu'on racontait sur elle et lui portais de l'affection, même si, à l'époque, je n'imaginais pas de me laisser influencer. Mon attitude devait être celle d'un geôlier envers son prisonnier — et, de plus, un prisonnier important. Un prisonnier qui pouvait nous aider à trancher le conflit avec les Xénans en votre faveur.

Je m'arrêtai, une fois ou deux, à me demander s'il était logique de la garder comme otage. Si, comme le répétait le Roi Rigenos, les Xénans étaient inhumains et sans cœur, alors pourquoi Arjavh s'inquiéterait-il que nous tuions ou non sa sœur ?

Ermizhad, si elle était bien la créature que pensait le Roi Rigenos, ne manifestait en aucune façon sa malignité. Au contraire, elle me paraissait montrer une singulière noblesse d'âme qui contrastait heureusement avec l'ironie grossière du Roi.

Puis je me demandai si le Roi sentait l'affection que j'avais pour Ermizhad et craignait que l'union de sa fille et de son Champion immortel n'en fût menacée.

Mais je restais fidèle à Iolinda. Il ne me vint pas à l'esprit de remettre en cause le mariage qui devait nous unir à mon retour, comme nous en étions convenu.

Il doit exister d'innombrables formes d'amour. Quelle est celle qui l'emporte sur toutes les autres ? Je ne puis la définir. Je ne le tenterai pas.

Ce qui me fascinait dans la beauté d'Ermizhad, c'était que bien qu'inhumaine, elle était assez proche de l'idéal de ma race pour m'attirer.

Elle avait le long visage pointu des Xénans, que John Daker aurait tenté de qualifier d' « elfique », méconnaissant sa noblesse. De sa race, elle avait les yeux bridés, que leur étrange lactescence faisait paraître aveugles, les oreilles légèrement en pointe, les pommettes hautes et obliques, et le corps mince, presque garçonnier. Toutes les Xénannes étaient, comme elle, minces, avec de petits seins et une taille fine. Sa bouche aux lèvres rouges était assez grande, avec des commissures naturellement incurvées vers le haut, si bien qu'elle semblait toujours être sur le point de sourire, même quand son visage était au repos.

Les deux premières semaines de notre voyage, elle persista à refuser de parler malgré mon extrême courtoisie. Je veillai à ce que rien ne manquât à son confort, et

131

si elle me remercia, elle n'en maintint pas moins sa garde. Mais un jour que je me tenais près du groupe de cabines où le Roi, elle et moi-même avions nos appartements, appuyé au bastingage et contemplant la mer grise et le ciel couvert, je la vis s'approcher de moi.

— Salut, Sire Champion, dit-elle avec une pointe de moquerie en sortant de sa cabine.

Je fus surpris.

— Salut, dame Ermizhad », dis-je. Elle portait un manteau bleu nuit qu'elle avait jeté sur ses épaules par-dessus un simple sarrau de laine bleu pâle.

— Une journée de mauvais augure, je crois, dit-elle en regardant le ciel lugubre qui, maintenant, bouillonnait sombrement au-dessus de nous, plein de gris lourds et de jaunes sales.

— Pourquoi le croyez-vous ? m'enquis-je.

Elle rit. C'était un ravissement de l'entendre — des harpes de cristal aux cordes d'or. C'était la musique du ciel, non de l'enfer. « Pardonnez-moi, dit-elle. Je cherchais à vous inquiéter ; mais je vois que vous n'êtes pas aussi sensible à la suggestion que d'autres de votre race. »

Je souris. « C'est très flatteur, madame. Je trouve leurs superstitions un peu lassantes, je dois le dire. Sans parler de leurs insultes...

— Il n'y a pas lieu de s'en préoccuper, dit-elle. Ce ne sont rien d'autre que de petites insultes mesquines.

— Vous êtes très charitable.

— Nous autres Xénans sommes une race charitable, je pense.

— J'ai entendu d'autres sons de cloche.

— J'imagine.

— J'ai des meurtrissures qui confirment ces autres sons de cloche ! dis-je en souriant. Vos guerriers ne m'ont pas paru particulièrement charitables pendant notre bataille navale, avant que nous n'atteignions Paphanaal. »

Elle courba la tête. « Et les vôtres ne furent pas

charitables en arrivant à Paphanaal. Est-ce exact ? Suis-je la seule survivante ? »

Je me passai la langue sur les lèvres. Elles étaient sèches, tout à coup. « Je crois que oui », dis-je dans un murmure.

— Donc, j'ai de la chance, dit-elle en élevant un peu la voix.

Il n'y avait évidemment aucune réponse à cela.

Nous restâmes à contempler la mer sans rien dire.

Plus tard elle dit doucement : « Ainsi, vous êtes Erekösë. Vous ne ressemblez pas à ceux de votre race. En fait, vous ne paraissez pas être totalement de cette race...

— Aha, répliquai-je. Maintenant je sais que vous êtes mon ennemie.

— Que voulez-vous dire ?

— Mes ennemis — le Seigneur Katorn en particulier — mettent mon humanité en doute.

— Et êtes-vous humain ?

— Je ne suis que cela. J'en suis sûr. J'ai les mêmes problèmes que n'importe quel mortel ordinaire. Je suis aussi troublé que les autres, même si à la rigueur mes problèmes sont différents. Comment je suis arrivé ici, je n'en sais rien. Ils disent que je suis un grand héros ressuscité. Venu les aider à combattre votre peuple. Ils m'ont amené ici grâce à une incantation. Mais j'ai l'impression parfois, dans les rêves que je fais la nuit, que j'ai été de nombreux héros...

— Et tous humains ?

— Je n'en suis pas certain. Je ne crois pas que le caractère fondamental qui est le mien ait été changé durant une de ces incarnations. Je n'ai pas de sagesse particulière, ni de pouvoirs spéciaux, autant que je le sache. Ne pensez-vous pas qu'un immortel aurait acquis une grande réserve de sagesse ?

Elle hocha légèrement la tête. « C'est ce que je penserais, mon seigneur.

— Je ne suis même pas certain de savoir où je

133

suis, poursuivis-je. Je ne sais pas si je suis venu d'un lointain futur ou d'un passé éloigné...

— Ces termes ont peu de sens pour les Xénans, dit-elle. Mais certains chez nous pensent que le passé et l'avenir ne font qu'un — le temps décrit un cercle, si bien que le passé est l'avenir et l'avenir le passé.

— Théorie intéressante, dis-je. Mais un peu simpliste, non ?

— Je crois être d'accord avec vous, murmura-t-elle. Le temps est une chose subtile. Même nos philosophes les plus sages ne comprennent pas complètement sa nature. Les Xénans ne se penchent pas beaucoup sur la question du temps ; ce n'est pas nécessaire dans la vie courante. Bien sûr, nous avons notre histoire. Mais l'histoire ne me concerne pas personnellement. L'histoire n'est que l'enregistrement de certains événements.

— Je vous comprends, dis-je.

Puis elle s'approcha du bastingage et y posa légèrement la main.

En cet instant, je ressentais la même affection que, je suppose, un père peut avoir pour sa fille. Un père qui se réjouit de l'innocence hardie de son rejeton. A première vue, elle n'avait pas plus de dix-neuf ans. Pourtant sa voix avait l'assurance qui vient avec la connaissance du monde, son port était fier, assuré aussi. Je pris conscience que le Roi Rigenos pouvait bien avoir raison. Comment juger de l'âge d'un immortel ?

— Au début, dis-je, je croyais venir de votre avenir. A présent, je n'en suis plus certain. Peut-être suis-je issu de votre passé ; peut-être ce monde est-il, par rapport à ce que j'appelle « le vingtième siècle », loin dans l'avenir.

— Ce monde est très ancien, acquiesça-t-elle.

— Trouve-t-on mention d'une époque où seuls des êtres humains occupaient la Terre ?

— Nous n'avons pas de tels écrits, dit-elle en souriant. Il y a l'écho d'un mythe, la trame d'une légende, disant qu'il fut un temps où seuls les Xénans occupaient la Terre. Mon frère a étudié cette question. Il doit en savoir plus.

Je frissonnai. Mystérieusement, mes organes vitaux semblèrent se glacer en moi. Je ne pus poursuivre la conversation avec l'esprit aussi dégagé qu'avant, malgré l'envie que j'en avais.

Elle n'eut pas l'air de remarquer mon trouble.

Finalement, je dis : « Une journée de mauvais augure, madame. J'espère reprendre bientôt cette conversation. » Je m'inclinai et rentrai dans ma cabine.

16

CONFRONTATION AVEC LE ROI

CETTE nuit-là, je dormis sans ma précaution habituelle d'une cruche de vin pour me plonger dans un sommeil profond. Je le fis délibérément, et non sans trembler.

— *EREKOSE...*
J'entendis la voix m'appeler comme autrefois elle avait appelé John Daker. Mais cette fois, ce n'était pas la voix du Roi Rigenos.
— *Erekosë...*
Cette voix était plus musicale.
Je vis de vertes forêts qui se balançaient au vent, de grandes collines verdoyantes, des clairières, des châteaux et de délicats animaux dont je ne savais pas le nom...
— *Erekosë ? Mon nom n'est pas Erekosë, dis-je. C'est Prince Coram. Prince Coram — Prince Coram Bannan Flurunn à la Robe Ecarlate — et je cherche mon peuple. Où est mon peuple ? Pourquoi cette quête n'a-t-elle pas de fin ?*
J'étais à cheval. Le cheval était revêtu de velours jaune et portait des paniers de bât, deux lances, un simple bouclier circulaire, un arc et un carquois rempli de flèches. Je portais un heaume d'argent conique et double poids de cotte de mailles, la première épaisseur en cuivre, la seconde en argent. Et j'avais une longue et puissante épée qui n'était pas l'Epée Kanajana.
— *Erekosë.*

— *Je ne suis pas Erekosë...*

— *Erekosë !*

— *Je suis John Daker !*

— *Erekosë !*

— *Je suis Jerry Cornelius.*

— *Erekosë !*

— *Je suis Konrad Arflane.*

— *Erekosë !*

— *Que voulez-vous ? demandai-je.*

— *Nous voulons ton aide !*

— *Vous avez mon aide !*

— *Erekosë !*

— *Je suis Karl Glogauer !*

— *Erekosë !*

Les noms n'avaient aucune importance. Je le savais, à présent. Seuls importaient les faits. Le fait que j'étais une créature incapable de mourir. Une créature éternelle. Condamnée à prendre de nombreuses formes, à porter de nombreux noms, mais à toujours se battre...

Et peut-être m'étais-je trompé. Peut-être n'étais-je pas vraiment humain, seulement capable d'imiter les caractéristiques d'un être humain si j'étais bloqué dans un corps humain.

J'eus l'impression, alors, de hurler de souffrance. Qu'étais-je ? Qu'étais-je ? Si je n'étais pas un homme... ?

La voix appelait toujours, mais je refusai d'y faire attention. Combien je regrettais d'y avoir fait attention alors que j'étais confortablement couché dans mon lit, sous la confortable identité de John Daker...

Je me réveillai en nage. Je n'avais rien découvert de plus sur moi-même et sur le mystère de mes origines. Apparemment, je n'avais réussi qu'à m'embrouiller un peu plus.

Il faisait encore nuit, mais je n'osai pas me rendormir.

Je scrutai l'obscurité. Je regardai les rideaux tirés sur les fenêtres, le couvre-lit blanc, ma femme à côté de moi...

Je me mis à hurler.

— EREKOSE — EREKOSE — EREKOSE...

— Je suis John Daker ! hurlai-je. Regardez — je suis John Daker !

— Erekosë...

— Je ne connais pas ce nom, Erekosë. Mon nom est Elric, Prince de Melniboné. Elric le Fratricide. On me connaît sous beaucoup de noms...

Beaucoup de noms — beaucoup de noms — beaucoup de noms...

Comment pouvait-on avoir des douzaines d'identités, toutes en même temps ? Voyager d'une époque à l'autre au hasard ? Partir de la Terre elle-même, et aller là où étincellent les froides étoiles ?

Il y eut un bruit d'air qui s'échappe violemment, et je plongeai dans des profondeurs noires, sans air, plus bas, plus bas, toujours plus bas. Et il n'y avait rien d'autre dans l'univers que du gaz à la dérive. Pas de gravité, pas de couleur, pas d'air, pas d'intelligence à part la mienne — et peut-être, quelque part, une autre...

Encore une fois, je hurlai.

Et je refusai d'en apprendre plus.

Quelle que fût la malédiction qui pesait sur moi, pensai-je le lendemain matin, je ne la comprendrais jamais. Et c'était probablement mieux ainsi.

Je montai sur le pont et y trouvai Ermizhad, toujours au même endroit, appuyée au bastingage, comme si elle n'avait pas bougé de la nuit. Le ciel s'était un peu découvert et le soleil passait à flots à travers les nuages, ses rayons tombant obliquement sur la mer agitée au point que le monde semblait mi-obscur, mi-lumineux.

Un jour maussade.

Nous restâmes un moment sans rien dire, accoudés au bastingage, à observer le ressac défiler le long du navire, et les rames frapper l'eau selon un rythme monotone.

138

Une fois encore, ce fut elle qui prit la parole la première.

— Qu'ont-ils l'intention de faire de moi ? demanda-t-elle à voix basse.

— Vous servirez d'otage, ceci dans l'éventualité où votre frère, le Prince Arjavh, attaquerait Nécranal », lui dis-je. Ce n'était que la moitié de la vérité. Il y avait d'autres façons de l'utiliser contre son frère, mais il ne servait à rien de les détailler. « Vous serez en sécurité — le Roi Rigenos ne pourra pas négocier si l'on vous a fait du mal. »

Elle soupira.

— Pourquoi ne vous êtes-vous pas enfuies, vous et les autres femmes xénannes, quand nos flottes sont entrées dans le port de Paphanaal ? » demandai-je. Cette question m'intriguait depuis quelque temps.

— Les Xénans ne fuient pas, dit-elle. Ils ne s'enfuient pas des cités qu'ils ont eux-mêmes construites.

— Ils ont fui dans les Montagnes de la Douleur il y a quelques siècles, fis-je remarquer.

— Non. » Elle secoua la tête. « On les y a chassés. C'est différent.

— C'est différent, acquiesçai-je.

— Qui parle de différence ? » Une nouvelle voix, rauque, nous interrompit. C'était le Roi Rigenos. Il était sorti silencieusement de sa cabine et se tenait derrière nous, jambes écartées sur le pont oscillant. Il ne regardait pas Ermizhad, mais moi, droit dans les yeux. Il n'avait pas l'air bien.

— Bonjour, Sire, dis-je. Nous discutions de la signification des mots.

— Vous êtes devenu singulièrement intime avec cette catin xénanne », ricana-t-il. Que pouvait-il y avoir chez cet homme, aimable et brave à tant d'égards, pour le transformer en barbare grossier dès qu'il s'agissait des Xénans ?

— Sire, dis-je, car je ne pouvais me contenir plus longtemps. Sire, vous parlez d'une personne qui est votre ennemie, mais qui est de sang noble.

139

A nouveau, il ricana. « De sang noble ? La vile substance qui coule dans leurs veines polluées ne saurait être ainsi nommée ! Prenez garde, Erekosë ! Je sais bien que vous n'êtes pas complètement versé dans nos usages ou notre savoir, que votre mémoire est embrumée — mais rappelez-vous que cette garce xénanne a une langue d'or liquide capable de vous enjôler et de vous mener à votre perte et à la nôtre. Ne lui prêtez pas l'oreille !

C'était le discours le plus direct et le plus inquiétant qu'il ait fait jusque-là.

— Sire… dis-je.

— Elle tissera un charme tel que vous serez un chien servile à sa merci, et ne nous serez plus d'aucune utilité. Je vous le dis, Erekosë, prenez garde. Dieux ! J'ai bien envie de la livrer aux rameurs et de les laisser en faire ce qu'ils veulent avant de la jeter par-dessus bord !

— Vous l'avez placée sous ma protection, mon seigneur roi, dis-je avec colère. Et j'ai prêté serment de la protéger contre *tous* les dangers !

— Fou ! Je vous aurai prévenu. Je ne tiens pas à perdre votre amitié, Erekosë — mieux : je ne tiens pas à perdre notre Champion de Guerre. Si elle manifeste encore la volonté de vous enchanter, je la tuerai. Personne ne m'en empêchera !

— Je fais votre travail, roi, dis-je, à votre demande. Mais *vous*, rappelez-vous ceci : je suis Erekosë. J'ai été beaucoup d'autres Champions. Ce que je fais, je le fais pour la race humaine. Je n'ai prêté aucun serment de loyauté envers vous ou aucun autre roi. Je suis Erekosë, le Champion de Guerre — le Champion de l'Humanité — pas le Champion de Rigenos !

Ses yeux se plissèrent. « Est-ce une trahison, Erekosë ? » On aurait presque dit qu'il l'espérait.

— Non, Roi Rigenos. Un désaccord avec un seul représentant de l'humanité n'est pas une trahison envers la race humaine.

Il ne dit rien, mais resta là, avec l'air de me haïr

autant qu'il haïssait la Xénanne. Il respirait profondément avec un son rauque de la gorge.

— Ne me donne pas lieu de regretter de t'avoir appelé, Erekosë qui est mort, dit-il enfin, puis il se détourna et retourna à sa cabine.

— Je crois qu'il serait mieux que nous arrêtions là notre conversation, dit Ermizhad doucement.

— Erekosë qui est mort, hein ? dis-je avant de sourire. Si je suis mort, alors je suis étrangement sujet aux émotions, pour un cadavre. » Je traitais notre dispute avec légèreté, mais les événements avaient pris un tour tel que je pouvais craindre, entre autres choses, qu'il me refuse la main de Iolinda — car il ne savait toujours pas que nous étions fiancés.

Elle me jeta un regard étrange et esquissa un geste de réconfort.

— Je suis peut-être mort, dis-je. Avez-vous vu des créatures comme moi dans les Mondes Fantômes ?

Elle fit non de la tête. « Pas vraiment.

— Donc les Mondes Fantômes existent bien ? » dis-je. Je n'avais voulu faire qu'un effet oratoire.

— Bien sûr qu'ils existent ! » Elle rit. « Vous êtes le plus grand sceptique que j'aie jamais rencontré !

— Parlez-moi d'eux, Ermizhad.

— Qu'y a-t-il à en dire ? » Elle secoua la tête. « Et si vous ne croyez pas ce que vous avez déjà entendu, à quoi bon vous dire encore d'autres choses que vous ne croirez pas davantage, n'est-ce pas ?

Je haussai les épaules. « J'imagine que non. » Je trouvais ses cachotteries exagérées, mais je n'insistai pas.

— Répondez à une question, dis-je. Le mystère de mon existence me serait-il révélé sur les Mondes Fantômes ?

Elle sourit d'un air compatissant. « Comment pourrais-je répondre à cela, Erekosë ?

— Je ne sais pas... Je pensais que les Xénans en savaient plus sur... sur la sorcellerie...

— Maintenant, vous vous montrez aussi superstitieux que vos compatriotes, dit-elle. Vous ne croyez pas...

— Madame, dis-je, je ne sais pas ce que je dois croire. La logique de ce monde — aussi bien humain que xénan — est, j'en ai peur, un mystère pour moi.

17

RETOUR A NÉCRANAL

LE Roi s'abstint de tout nouvel éclat contre moi-même ou Ermizhad, mais l'on ne pouvait pas vraiment dire qu'il s'était repris de sympathie pour moi, même s'il se détendait au fur et à mesure que les côtes de Nécralala approchaient.

Enfin Noonos fut en vue ; la plus grande partie de la flotte y resta pour réarmer et se réapprovisionner, et nous remontâmes le fleuve Droona pour atterrir à Nécranal.

La nouvelle de notre grande victoire était déjà connue à Nécranal. En fait, elle avait été amplifiée, et l'on croyait que j'avais coulé quelques vingtaines de navires et anéanti leurs équipages à moi tout seul !

Je ne fis rien pour démentir cette rumeur, car je m'inquiétais d'éventuelles menées du roi contre moi. Grâce à l'adulation du peuple, il ne pouvait rien me dénier à la face de tous. Mon pouvoir avait grandi à mon retour, car j'avais remporté une victoire, j'avais prouvé que j'étais le Champion attendu par le peuple.

Il semblait maintenant que si le Roi Rigenos agissait contre moi, il soulèverait l'ire du peuple contre lui-même ; et cette ire serait si grande qu'elle pourrait le déposséder de sa couronne — et de sa tête.

Bien entendu, il n'était pas obligé de m'aimer pour autant, mais en fait, à notre retour dans le Palais aux Dix Mille Fenêtres, il était d'une humeur presque affable.

Je pense qu'il avait commencé à me considérer comme une menace pour son trône, mais la vue de son palais, de ses gens et de sa fille l'avait rassuré dans l'idée qu'il était toujours le roi, et le serait toujours. Je ne m'intéressais pas à sa couronne — seulement à sa fille.

Une escorte de gardes emmena Ermizhad à ses quartiers à notre arrivée ; elle était partie quand Iolinda descendit en courant les escaliers menant à la Grande Salle, le visage rayonnant, le port gracieux, et embrassa d'abord son père, puis moi.

— Avez-vous parlé à Père de notre secret ? demanda-t-elle.

— Je crois qu'il était au courant avant notre départ, dis-je en riant, et je me tournai vers Rigenos sur le visage duquel était apparue comme une expression rêveuse. Nous désirons nous fiancer, sire. Nous donnez-vous votre consentement ?

Le Roi Rigenos ouvrit la bouche, s'essuya le front et déglutit avant de hocher la tête. « Bien sûr. Je vous donne ma bénédiction. Cela renforcera encore notre unité. »

Le front de Iolinda se plissa légèrement. « Père... cela vous fait plaisir, n'est-ce pas ?

— Bien s... oui, naturellement, cela me fait plaisir — naturellement. Mais le voyage et les combats m'ont fatigué, ma chérie. J'ai besoin de repos. Pardonne-moi...

— Oh, je suis désolée, Père. Oui, vous devez vous reposer. Vous avez raison. Vous n'avez pas l'air bien. Je vais faire préparer quelque nourriture par les esclaves et vous pourrez dîner au lit...

— Oui, dit-il, oui...

Quand il fut parti, Iolinda me regarda d'un air curieux. « Vous aussi, vous semblez avoir souffert des combats, Erekosë. Vous n'êtes pas blessé, n'est-ce pas ?

— Non. La bataille a été sanglante. Et je n'ai pas beaucoup apprécié ce que nous avons dû faire.

— Les guerriers tuent des hommes — c'est comme cela.

144

— Oui, dis-je d'une voix rauque. Mais est-ce qu'ils tuent des femmes, Iolinda ? Est-ce qu'ils tuent des enfants ? Des bébés ?

Elle s'humecta les lèvres avec la langue. Puis elle dit : « Venez. Mangeons dans mes appartements. Ce sera plus paisible. »

Après avoir mangé, je me sentis mieux, mais je n'étais pas encore complètement à l'aise.

— Que s'est-il passé ? demanda-t-elle. A Mernadin ?

— Il y a eu une grande bataille navale. Nous l'avons gagnée.

— Cela est bien.

— Oui.

— Vous avez pris Paphanaal. Vous l'avez emportée d'assaut.

— Qui vous a dit que nous l'avons « emportée d'assaut » ? demandai-je, étonné.

— Pourquoi demandez... les guerriers de retour ! Nous avons appris la nouvelle peu avant votre arrivée.

— Il n'y a eu aucune résistance à Paphanaal, lui dis-je. Il ne s'y trouvait que quelques femmes et quelques enfants ici et là, et nos troupes les ont massacrés.

— Il y a toujours quelques femmes et quelques enfants qui se font tuer dans l'assaut d'une cité, dit Iolinda. Vous ne devez pas vous faire de reproches si...

— Nous n'avons pas pris la cité d'assaut, répétai-je. Elle n'était pas défendue. Il n'y avait pas d'hommes dedans. Tous les habitants mâles de Paphanaal s'étaient embarqués avec la flotte que nous avons détruite.

Elle haussa les épaules. A l'évidence, elle n'arrivait pas à visualiser l'image de ce qu'était la réalité. Peut-être était-ce aussi bien. Mais je ne pus résister à l'envie de faire un dernier commentaire :

— Nous devions gagner de toute façon, mais notre victoire en mer a été due en partie à notre perfidie, dis-je.

145

— Vous voulez dire que vous avez été trahis ? » Elle leva vers moi un regard ardent. « Quelque perfidie des Xénans ?

— Les Xénans se sont battus honorablement. Nous avons abattu leur commandant durant une trêve.

— Je vois », dit-elle. Puis elle sourit. « Eh bien, nous devons vous aider à oublier des choses aussi terribles, Erekosë.

— J'espère que vous le pouvez, dis-je.

Le lendemain, le Roi annonça nos fiançailles et les citoyens de Nécranal accueillirent la nouvelle avec joie. Nous nous tenions devant eux sur le grand balcon qui dominait la cité, souriant et agitant la main ; mais quand nous rentrâmes, le roi nous planta là d'un mot sec et partit précipitamment.

— Père semble vraiment désapprouver notre alliance, dit Iolinda, perplexe, malgré son consentement.

— Un désaccord sur la tactique au cours de la guerre, dis-je. Vous savez quelle importance nous autres soldats attribuons à ces choses-là. Il oubliera vite.

Mais j'étais troublé. J'étais un grand héros, aimé du peuple, j'épousais la fille du Roi comme un héros doit le faire, et je commençais à m'apercevoir que quelque chose n'allait pas tout à fait bien.

J'avais ce sentiment depuis quelque temps, mais je n'arrivais pas à en trouver la source : mes rêves bizarres ? mes soucis à propos de mes origines ? ou tout bonnement la crise qui semblait monter entre le Roi et moi ? Ce n'était probablement pas grand-chose et mes angoisses étaient sans fondement.

Iolinda et moi nous couchâmes ensuite ensemble dans le lit nuptial, comme il était de coutume dans les Royaumes Humains.

Mais, cette première nuit, nous ne fîmes pas l'amour.

Vers le milieu de la nuit, je sentis qu'on me touchait l'épaule et me redressai presque instantanément.

Je souris de soulagement.

— Ah, c'est toi, Iolinda.

— C'est moi, Erekosë. Dans ton sommeil, tu gémissais et tu geignais tant que j'ai pensé qu'il valait mieux te réveiller.

— Oui... » Je me frottai les yeux. « Je te remercie. » Ma mémoire n'était pas claire, mais j'avais l'impression que j'avais de nouveau eu mes rêves habituels.

— Parle-moi un peu d'Ermizhad, dit soudain Iolinda.

— Ermizhad ? » Je bâillai. « Qu'en dire ?

— Tu l'as beaucoup vue, m'a-t-on dit. Tu as parlé avec elle. Je n'ai jamais parlé avec un Xénan. D'habitude, nous ne faisons pas de prisonniers...

Je souris. « Eh bien, j'imagine que c'est une hérésie de dire cela... mais je l'ai trouvée tout à fait... humaine.

— Oh, Erekosë. C'est une plaisanterie de mauvais goût. On dit qu'elle est très belle. On dit qu'elle a à répondre d'un millier de vies humaines ; elle est mauvaise, n'est-ce pas ? Elle a mené beaucoup d'hommes à leur perte...

— Je ne l'ai pas interrogée là-dessus, dis-je. Nous avons discuté surtout de questions philosophiques.

— Elle est très intelligente, alors ?

— Je ne sais pas. Elle m'a paru presque innocente. » J'ajoutai en hâte, par diplomatie : « Mais c'est peut-être là son intelligence — avoir l'air innocent. »

Iolinda fronça les sourcils. « Innocente ! Ha ! »

J'étais ennuyé. « Je ne fais que te donner mon impression, Iolinda. En fait, je n'ai pas d'opinion sur Ermizhad, ni d'ailleurs sur les autres Xénans.

— M'aimes-tu, Erekosë ?

— Bien sûr.

— Tu ne... tu ne me... trahirais pas ?

Je ris et la pris dans mes bras. « Comment pourrais-tu avoir peur d'une chose pareille ? »

Nous nous rendormîmes.

Le lendemain matin, le Roi Rigenos, le Comte Roldero et moi-même nous attelâmes à une tâche sérieuse : mettre au point notre stratégie. Comme nous nous penchions sur les cartes et les plans de bataille, l'atmosphère se détendit et Rigenos devint presque joyeux. Nous étions d'accord sur ce qu'il fallait faire. Arjavh essayait probablement de reprendre Paphanaal — et à coup sûr il n'avait aucune chance. Il mettrait le siège devant la ville, mais nous pouvions apporter du ravitaillement et des armes par bateau et il perdrait son temps. Pendant ce temps, notre expédition vers les Mondes Fantômes attaquerait les positions xénannes qui s'y trouvaient et, m'assurèrent Roldero et Rigenos, les mettrait dans l'impossibilité de faire appel à leurs alliés mi-êtres.

Le plan, bien sûr, reposait sur l'attaque de Paphanaal par Arjavh.

— Il devait déjà être en route quand nous sommes arrivés à Paphanaal, déclara Rigenos. Il n'a aucune raison de faire demi-tour. Qu'y gagnerait-il ?

Roldero acquiesça. « Il est pratiquement certain qu'il va se concentrer sur Paphanaal, dit-il. Encore deux ou trois jours, et nos flottes seront prêtes à repartir. Nous nous rendrons rapidement maîtres des Iles Extérieures, et de là nous irons à Loos Ptokai même. Avec de la chance, le gros des forces d'Arjavh sera toujours groupé à Paphanaal. A la fin de cette année, toutes les positions xénannes seront tombées entre nos mains.

J'étais un peu réservé devant cet excès de confiance. On pouvait reconnaître cela à Katorn : il aurait été moins sûr de son fait. Je regrettais presque, en fait, que Katorn ne soit pas là. Je respectais son avis de soldat et de stratège.

Et ce fut le lendemain, alors que nous étions toujours plongés dans l'étude des cartes, que nous parvint la nouvelle.

Elle nous stupéfia. Elle modifiait tous les plans que nous avions faits. Notre stratégie ne tenait plus debout. Nous nous retrouvions dans une position effrayante.

Arjavh, Prince de Mernadin, Souverain des Xénans,

n'avait pas attaqué Paphanaal. Une grande partie de nos troupes l'attendaient là, mais il n'avait pas daigné leur rendre visite.

Peut-être n'avait-il jamais eu l'intention de marcher sur Paphanaal.

Peut-être avait-il toujours projeté de faire ce qu'il venait de faire, et c'était nous qui étions les dupes ! Nous étions pris à notre propre manœuvre : bernés !

— Je disais bien que les Xénans étaient malins, dit le Roi Rigenos en recevant la nouvelle. Je vous l'ai dit, Erekosë.

— Je vous crois, à présent, dis-je doucement, essayant de mesurer l'énormité de l'événement.

— Et maintenant, quels sont vos sentiments envers eux, mon ami ? dit Roldero. Etes-vous toujours partagé ?

Je fis non de la tête. Ma loyauté allait à l'Humanité. Il n'y avait pas de place pour les scrupules, pas de raison d'essayer de comprendre ces êtres inhumains. Je les avais sous-estimés et l'Humanité elle-même aurait peut-être à en payer le prix.

Des vaisseaux xénans avaient atterri sur les côtes de Nécralala, sur la rive orientale, relativement près de Nécranal. Une armée xénanne avançait vers la capitale elle-même, et, à ce qu'on disait, personne ne pouvait lui résister.

Je me maudis moi-même. Rigenos, Katorn, Roldero, même Iolinda — ils avaient tous raison. J'avais été trompé par leur langue dorée, par leur beauté étrangère.

Et il n'y avait pratiquement pas un guerrier à Nécranal ! La moitié de nos forces disponibles se trouvait à Paphanaal et il aurait fallu un mois pour la faire revenir. Les fins bâtiments xénans avaient dû traverser l'océan en moitié moins de temps ! Nous pensions avoir défait leur flotte à Paphanaal. Nous n'en avions défait qu'une fraction !

La peur marquait tous nos visages tandis que nous dressions hâtivement des plans pour parer à l'imprévu.

149

— Il ne servirait à rien de rappeler nos troupes de Paphanaal à ce stade, dis-je. A leur arrivée, le sort de la bataille aurait déjà été décidé. Envoyez un message rapide, Roldero. Que Katorn apprenne ce qui s'est passé et décide lui-même de sa stratégie. Dites-lui que je me fie à lui.

— Très bien, dit Roldero. Mais les guerriers disponibles sont peu nombreux. Nous pouvons avoir quelques divisions en envoyant rapidement un message à Zavara. Il y a des troupes à Stalaco, à Calodemia et quelques-unes à Dratarda. Elles pourraient nous rejoindre en une semaine. Et puis nous avons quelques hommes à Shilaal et Sinana, mais j'hésiterais à recommander leur retrait...

— Je suis d'accord, dis-je. Il faut défendre les ports à tout prix. Qui sait combien d'autres flottes possèdent encore les Xénans ? » Je jurai. « Si seulement nous avions un moyen d'obtenir des renseignements ! Quelques espions...

— Ce sont des paroles oiseuses, dit Roldero. Qui chez nous pourrait se déguiser en Xénan ? Qui d'ailleurs aurait l'estomac assez solide pour supporter leur compagnie ? »

Rigenos dit : « La seule grande force que nous ayons est à Noonos. Il faut la faire venir et prier pour que Noonos ne soit pas attaquée en son absence. » Il me regarda. « Ce n'est pas votre faute, Erekosë. Je compatis avec vous. Nous attendions trop de vous...

— Eh bien, lui promis-je, vous pouvez attendre plus encore de moi à présent, Roi Rigenos. Je repousserai les Xénans.

Rigenos fronça les sourcils d'un air pensif. « Il y a une chose sur laquelle nous pouvons négocier, dit-il. La catin xénanne — la sœur d'Arjavh... »

Alors une idée commença à poindre dans mon esprit. La sœur d'Arjavh...

Nous avions pensé qu'il marcherait certainement sur Paphanaal et il ne l'avait pas fait. Nous n'avions

150

pas imaginé qu'il pût envahir Nécralala. Et il l'avait fait. La sœur d'Arjavh...

— Eh bien ? dis-je.

— Ne pourrions-nous pas dire à Arjavh que s'il ne fait pas retraite, nous la tuerons ?

— Nous croirait-il ?

— Cela dépend de l'amour qu'il a pour sa sœur, non ? » Le Roi Rigenos sourit, tout ragaillardi. « Oui. Essayez cela, de toute façon, Erekosë. Mais ne vous présentez pas devant lui en position de faiblesse. Prenez toutes les divisions que vous pouvez rassembler.

— Naturellement, dis-je. J'ai l'impression qu'Arjavh ne se laissera pas arrêter par les sentiments tant qu'il aura une chance de s'emparer de la capitale.

Le Roi Rigenos ne releva pas ma remarque. Je me demandais moi-même si elle était justifiée, ayant commencé à me dire qu'il y avait peut-être autre chose derrière la stratégie d'Arjavh.

Le Roi Rigenos mit la main sur mon épaule. « Nous avons eu des différends, Erekosë. Mais à présent, nous sommes unis. Allez. Combattez les Chiens du Mal. Gagnez la bataille. Tuez Arjavh. Voici l'occasion pour vous de trancher la tête du monstre qu'est ce Xénan. Et si la bataille vous paraît injouable, utilisez sa sœur pour nous gagner du temps. Soyez brave, Erekosë, soyez rusé — soyez fort.

— Je vais essayer, dis-je. Je pars tout de suite rallier les guerriers de Noonos. Je prendrai toute la cavalerie disponible et laisserai une petite force d'infanterie et d'artillerie pour défendre la cité.

— Faites au mieux, Erekosë.

Je retournai à nos appartements et dis adieu à Iolinda. Elle débordait de chagrin.

Je n'allai pas voir Ermizhad, et ne lui dis pas davantage ce que nous avions décidé.

18

LE PRINCE ARJAVH

JE chevauchais à la tête de mon armée, vêtu de ma fière armure. J'arborais à la lance ma bannière à l'épée d'argent sur champ noir, mon cheval piaffait, mon port était assuré, j'avais cinq mille chevaliers derrière moi, et pas la moindre idée des effectifs de l'armée xénanne.

Partis de Noonos, nous allions vers l'est où avançait, disait-on, l'armée des Xénans. Notre idée était de leur couper la route avant leur arrivée à Nécranal.

Bien avant de rencontrer les forces d'Arjavh, nous eûmes des échos de leur approche par des villageois et des citadins en fuite. Apparemment, les Xénans marchaient résolument sur Nécranal, en évitant les agglomérations qu'ils rencontraient. On ne rapportait pas, jusque-là, d'atrocités commises par les envahisseurs. Ils semblaient aller trop vite pour perdre leur temps avec des civils.

Arjavh paraissait n'avoir qu'une ambition : atteindre Nécranal sans perdre une seconde. Je savais peu de chose sur le prince xénan ; il passait pour un monstre, un tueur, un bourreau de femmes et d'enfants. J'étais impatient de l'affronter au combat.

Une autre rumeur courait sur l'armée du Prince Arjavh. On disait qu'elle était en partie composée de mi-êtres — des créatures venues des Mondes Fantômes. Cette histoire avait terrifié mes hommes et je m'étais employé à leur dire qu'elle était fausse.

Roldero et Rigenos n'étaient pas avec moi. Roldero

était retourné superviser la défense de Nécranal, où se trouvait également Rigenos.

Pour la première fois, j'étais livré à moi-même. Je n'avais pas de conseillers. Je n'avais pas l'impression d'en avoir besoin.

Les armées des Xénans et les forces de l'Humanité trouvèrent enfin le contact sur un vaste plateau connu sous le nom de Plaine d'Olas, du nom d'une ancienne cité qui s'étendait là autrefois. Le plateau était entouré par des sommets lointains. Il était vert et les monts pourpres, et nous vîmes les bannières des Xénans dans le soleil couchant et ces bannières brillaient comme des drapeaux de feu.

Mes Maréchaux et mes capitaines étaient tous d'avis que nous courions sus aux Xénans dès le matin. A notre grand soulagement, ils semblaient moins nombreux que nous et leur défaite paraissait probable.

Je me sentais soulagé : je n'avais pas besoin d'Ermizhad pour négocier avec Arjavh et je pouvais me permettre de rester fidèle au Code de la Guerre qu'appliquaient les humains entre eux, mais qu'ils refusaient d'étendre aux Xénans.

Au grand scandale de mes commandants, je dis : « Agissons bien et avec noblesse. Ne leur donnons pas l'exemple. » Il n'y avait plus maintenant de Katorn, de Rigenos — ni même de Roldero — pour me contredire et me recommander la promptitude et la perfidie avec les Xénans. Je voulais mener cette bataille à des conditions claires pour Erekosë, car désormais je suivais l'instinct d'Erekosë.

J'observai notre héraut, sur son cheval, s'enfoncer dans la nuit, portant haut un drapeau de trêve. Je le vis disparaître, puis, sur une impulsion, lançai ma monture après lui.

Mes maréchaux me crièrent : « Seigneur Erekosë — où allez-vous ?

— Au camp xénan », répondis-je, et je ris de leur consternation.

153

Le héraut se tourna sur sa selle en entendant le bruit des sabots de mon cheval. « Seigneur Erekosë ? dit-il d'un ton interrogateur.

— Continue d'avancer, héraut — et j'avancerai avec toi.

Ensemble, nous arrivâmes au camp xénan, et nous fîmes halte quand les sentinelles nous hélèrent.

— Que voulez-vous, humains ? demanda un officier subalterne en scrutant les ténèbres de ses yeux mouchetés de bleu.

La lune apparut et répandit sa lumière d'argent. Je pris ma bannière accrochée au flanc de ma monture. Je la levai et la déployai d'une secousse. Le motif capta la lumière de la lune.

— C'est la bannière d'Erekosë, dit l'officier.

— Et je suis Erekosë, dis-je.

Une expression de dégoût passa sur le visage du Xénan. « Nous avons appris ce que vous avez fait à Paphanaal. Si vous n'étiez pas ici sous le drapeau de trêve, je...

— Je n'ai rien fait à Paphanaal dont je puisse avoir honte, dis-je.

— Non ? Ce serait étonnant de votre part !

— Mon épée était au fourreau durant tout notre séjour à Paphanaal, Xénan.

— Oui — un fourreau fait de cadavres de bébés.

— Pensez ce que vous voulez, dis-je. Conduisez-moi à votre maître. Je ne veux pas perdre mon temps avec vous.

Nous traversâmes le camp silencieux jusqu'au simple pavillon du Prince Arjavh. L'officier y pénétra.

Puis j'entendis un mouvement dans la tente, et une silhouette souple en sortit, portant une demi-armure, un plastron d'acier sanglé par-dessus une ample chemise verte, des chausses de cuir sous des jambières, d'acier également, et des sandales aux pieds. Un bandeau d'or serti d'un gros rubis solitaire empêchait ses longs cheveux noirs de lui tomber dans les yeux.

154

Et son visage — son visage était magnifique. J'hésite à employer ce terme pour décrire un homme, mais c'est le seul qui rende justice à la finesse de ces traits. Comme Ermizhad, il avait le crâne allongé et des yeux bridés, dépourvus de globes. Mais les commissures de ses lèvres ne s'incurvaient pas vers le haut comme chez sa sœur. Sa bouche était sévère, encadrée par des rides de lassitude. Il se passa la main sur le visage et leva les yeux vers nous.

— Je suis le Prince Arjavh de Mernadin, dit-il de sa voix fluide. Que désirez-vous me dire, Erekosë, vous qui avez enlevé ma sœur ?

— Je suis venu personnellement apporter le défi traditionnel des légions de l'Humanité, dis-je.

Il leva la tête pour regarder autour de lui. « C'est quelque complot, je suppose. Une nouvelle perfidie ?

— Je ne dis que la vérité, lui déclarai-je.

Il y avait une ironie teintée de mélancolie dans son sourire quand il répondit. « Très bien, Seigneur Erekosë. Au nom des Xénans, j'accepte votre gracieux défi. Nous nous battrons donc, n'est-ce pas ? Nous nous tuerons mutuellement demain, n'est-ce pas ?

— Vous avez le droit de choisir l'heure où commencera le combat, dis-je. Puisque c'est nous qui lançons le défi.

Il fronça les sourcils. « Il y a peut-être un million d'années que les Xénans et l'Humanité ne se sont pas battus selon le Code de la Guerre. Comment puis-je vous faire confiance, Erekosë ? Nous avons appris comment vous avez massacré les enfants.

— Je n'ai massacré aucun enfant, dis-je simplement. J'ai supplié qu'on les épargne. Mais à Paphanaal j'étais conseillé par le Roi Rigenos et ses maréchaux. A présent c'est moi qui contrôle les forces de combat et je choisis de me battre suivant le Code de la Guerre. Le Code de la Guerre qui, je crois, fut à l'origine rédigé par moi...

— Oui, dit Arjavh pensivement. On l'appelle parfois le Code d'Erekosë. Mais vous n'êtes pas le véritable Erekosë. C'était un mortel comme les autres hommes. Seuls les Xénans sont immortels.

155

— Je suis mortel par bien des côtés, dis-je sèchement, et immortel par bien d'autres. Maintenant, déciderons-nous des conditions du combat ?

Arjavh écarta les bras dans un geste d'impuissance. « Oh, comment me fier à toutes ces paroles ? Combien de fois avons-nous accepté de vous croire, vous autres humains, pour être invariablement trahis ? Comment puis-je admettre que vous soyez Erekosë, le Champion de l'Humanité, notre ancien ennemi que, même dans nos légendes, nous respectons et considérons comme un noble adversaire ? Je voudrais vous croire, vous qui vous faites appeler Erekosë, mais je ne puis me le permettre...

— Puis-je mettre pied à terre ? » demandai-je. Le héraut me jeta un coup d'œil étonné.

— Si vous le désirez.

Je descendis de mon cheval caparaçonné, dégrafai mon épée et la suspendis au pommeau de la selle, puis poussai le cheval de côté, m'avançai et affrontai le prince Arjavh face à face.

— Notre armée est plus puissante que la vôtre, dis-je. Nous avons une bonne chance de gagner la bataille demain. Et, dans le courant de la semaine, les rares survivants de la bataille pourraient bien mourir de la main de nos soldats ou de nos paysans. Je vous offre la chance d'un noble combat, Prince Arjavh. Un combat loyal. Je suggère que les termes en incluent la vie sauve pour les prisonniers, des soins médicaux pour tous les blessés capturés, le compte des morts et des vivants... » Tout me revenait tandis que je parlais.

— Vous connaissez bien le Code d'Erekosë, dit-il.

— C'est normal.

Il tourna les yeux vers la lune. « Ma sœur est-elle toujours en vie ?

— Oui.

— Pourquoi êtes-vous venu, comme cela, avec votre héraut, à notre camp ?

— Par curiosité, j'imagine, lui dis-je. J'ai beaucoup parlé avec Ermizhad. Je voulais voir si vous étiez le diable que l'on dit — ou la personne que décrit Ermizhad.

— Et que voyez-vous ?

— Si vous êtes un diable, vous êtes un diable fatigué.

— Pas trop fatigué pour combattre, dit-il. Pas trop fatigué pour prendre Nécranal si je le puis.

— Nous attendions que vous marchiez sur Paphanaal, lui dis-je. Nous pensions qu'il était logique que vous essayiez de reprendre votre port principal.

— Oui — c'était ce que j'avais projeté. Jusqu'à ce que j'apprenne que vous aviez enlevé ma sœur. » Il se tut un instant. « Comment va-t-elle ?

— Bien, dis-je. Elle a été placée sous ma protection et j'ai veillé à ce qu'elle soit traitée avec courtoisie chaque fois que c'était possible.

Il hocha la tête.

— Nous venons, bien entendu, la secourir, dit-il.

— Je me demandais si c'était la raison de votre venue, dis-je avec un demi-sourire. Nous aurions dû nous y attendre, mais ce n'a pas été le cas. Vous vous rendez bien compte que, si vous êtes vainqueur demain, ils menaceront de la tuer si vous ne battez pas en retraite. »

Arjavh pinça les lèvres. « Ils la tueront de toute façon, n'est-ce pas ? Ils la tortureront. Je sais comment ils traitent les prisonniers xénans. »

Je ne trouvai rien à répliquer.

— S'ils tuent ma sœur, dit le Prince Arjavh, je brûlerai entièrement Nécranal, même s'il ne reste plus que moi pour le faire. Je tuerai Rigenos, sa fille, tous...

— Et cela ne s'arrête jamais, dis-je doucement.

Arjavh se retourna vers moi. « Je suis désolé. Vous vouliez discuter des termes de la bataille. Très bien, Erekosë, je vous fais confiance. J'accepte toutes vos propositions — et je vous propose de mon côté une condition.

— Qui est ?

— La libération d'Ermizhad si jamais nous gagnons. Cela épargnera bien des vies, à vous autant qu'à nous.

— J'accepterais volontiers, dis-je, mais ce n'est pas à moi de négocier là-dessus. Je le regrette, Prince Arjavh, mais c'est le Roi qui la détient. Si elle était ma prisonnière, et pas seulement sous ma protection, je ferais ce que vous suggérez. Si vous gagnez, il vous faudra aller à Nécranal assiéger la cité.

Il soupira. « Très bien, Sire Champion. Nous serons prêts demain à l'aube. »

Je dis vivement : « Nous sommes les plus nombreux, Prince Arjavh. Vous pourriez vous retirer maintenant — en paix. »

Il fit non de la tête. « Que la bataille ait lieu.

— Jusques à l'aube, donc, Prince des Xénans. »

De la main, il fit un geste las d'acquiescement. « Adieu, Seigneur Erekosë.

— Adieu. » Je fis faire volte-face à mon cheval et, d'humeur chagrine, repris le chemin de notre camp, accompagné du héraut perplexe.

Une fois encore, j'étais partagé. Les Xénans étaient-ils si rusés qu'ils pussent me tromper ?

Je verrais cela demain.

Cette nuit-là, dans mon propre pavillon, je dormis aussi mal que d'habitude, mais j'acceptai les rêves, les vagues souvenirs, et ne tentai point de les combattre ou de les interpréter. Il était à présent clair pour moi qu'ils ne menaient à rien. J'étais ce que j'étais — j'étais le Champion Eternel — le Guerrier Immortel. Je ne saurais jamais pourquoi.

Avant l'aube, nos trompettes nous éveillèrent. Je révêtis mon armure, bouclai mon épée, et l'on ôta la gaine de ma lance pour révéler la longue pointe métallique.

Je sortis dans le froid de la nuit finissante. Le jour ne nous avait pas encore rejoints. Se découpant sur la faible lumière, mes cavaliers se mettaient déjà en selle. Je sentais au front une sueur froide et collante. Je l'essuyai maintes et maintes fois avec un foulard, mais elle se reformait toujours. Je pris mon heaume, le glissai sur ma tête et le fixai aux plaques d'épaules. Mes écuyers me tendirent mes gantelets et je les enfilai. Puis, les jambes raidies par l'armure, je me dirigeai à grands pas vers mon destrier ; on me hissa en selle, on me tendit mon bouclier et ma lance, et je remontai l'alignement de cavaliers au petit galop pour me placer à la tête de mes troupes.

Nous ne fîmes aucun bruit en nous mettant en marche — telle une mer d'acier rongeant doucement la côte qui était le camp xénan.

Alors que l'aube pâle se levait, nos forces apparurent en vue l'une de l'autre. Les Xénans étaient encore près de leur camp, mais quand ils nous virent ils se mirent en marche à leur tour. Très lentement, semblait-il, mais implacablement.

Je levai ma visière afin d'avoir une vue plus large des environs. Le sol paraissait sec et bon. Il ne semblait pas y avoir d'endroit qui pût constituer une position avantageuse.

Les sabots des chevaux frappaient le gazon avec un bruit sourd. Les bras des cavaliers claquaient contre leurs flancs. Leurs armures résonnaient et leurs harnais grinçaient. Pourtant l'air semblait silencieux.

Nous nous rapprochions toujours davantage.

Un vol d'hirondelles passa loin au-dessus de nous, puis se dirigea en planant vers les monts lointains.

Je rabattis ma visière. Le dos de mon cheval cahotait sous moi. La sueur froide semblait couvrir mon corps et se figer sous mon armure. La lance et le bouclier me parurent soudain très lourds.

Je sentis l'odeur désagréable de la sueur d'autres hommes et d'autres chevaux. Avant peu, je sentirais aussi l'odeur de leur sang.

Pour pouvoir bouger vite, nous n'avions pas apporté de canons. Les Xénans, dans leur guerre éclair, n'avaient pas non plus d'artillerie. Peut-être leurs machines de siège les suivaient-elles à moindre allure.

Nous approchions toujours. Je pouvais distinguer la

bannière d'Arjavh et un petit groupe de drapeaux, ceux de ses commandants.

Je projetai de tout fonder sur mes cavaliers. Ils se sépareraient en deux ailes pour encercler les Xénans, tandis qu'un troisième détachement s'enfoncerait comme un coin dans les rangs centraux et les traverserait jusqu'à l'arrière, si bien que nous les entourerions de tous côtés.

Toujours plus près. Mon estomac grondait et j'avais un goût de bile dans la bouche.

Nous étions tout proches. Je tirai les rênes, levai ma lance et donnai l'ordre aux archers de tirer.

Nous n'avions pas d'arbalètes, seulement des arcs d'hommes d'armes, qui avaient une plus grande portée, une plus grande puissance de pénétration et pouvaient tirer plus de flèches à temps égal. La première volée de flèches passa avec un son aigu au-dessus de nos têtes et s'enfonça dans les rangs xénans avec un bruit mat ; elle fut presque instantanément suivie d'une nouvelle volée, et d'une autre encore.

Les fines flèches des Xénans répondirent à nos traits. Des chevaux et des hommes poussèrent des cris aigus comme les flèches trouvaient leurs cibles, et la consternation régna quelques instants parmi nos hommes quand ils virent leurs rangs s'éclaircir. Mais avec une grande discipline, ils se reformèrent vite.

Je levai à nouveau ma lance au bout de laquelle flottait mon pennon noir et argent.

— Cavaliers ! Au grand galop !

Les trompettes transmirent l'ordre. Leur son déchira l'air. Les chevaliers éperonnèrent leurs chevaux de combat et commencèrent, rang après rang, à se déployer sur deux côtés, tandis qu'une autre division chevauchait droit vers le centre de l'ost ennemi. Les chevaliers étaient penchés sur le cou de leurs chevaux qui galopaient furieusement, leur lance posée obliquement en travers de la selle, certaines tenues sous le bras droit et pointées sur la gauche, et d'autres coincées sous le bras gauche et pointées sur la droite. Le plumet de leurs heaumes flottait derrière eux alors qu'ils fonçaient sur les Xénans. Leurs manteaux ondoyaient, leurs pennons s'agitaient au vent et le soleil pâle luisait sur leurs armures.

Le tonnerre des sabots faillit m'assourdir quand je lançai mon cheval de bataille au galop et, suivi d'un groupe de cinquante chevaliers choisis qui entouraient eux-mêmes le double étendard de l'Humanité, me portai en avant, m'efforçant de repérer Arjavh qu'en cet instant je haïssais d'une haine terrible.

Je le haïssais parce que j'étais contraint à cette bataille et que je devrais peut-être le tuer.

Dans un vacarme effrayant de cris et de métal choqué, nous heurtâmes l'armée xénanne, et d'un seul coup j'oubliai tout et tous, sauf mon besoin de semer la mort et de défendre ma vie contre ceux qui voulaient me l'enlever. Je brisai vite ma lance. Elle s'enfonça dans le corps d'un noble xénan après avoir traversé son armure, et elle se cassa sous le choc. Je la laissai dans le cadavre et dégainai mon épée.

Je taillai et tranchai autour de moi avec une violence féroce, tout en cherchant à trouver Arjavh. Finalement, je le vis, une énorme masse d'armes tournoyant dans sa main gantée, rouer de coups des fantassins qui essayaient de le faire tomber de sa selle.

— *Arjavh !*

Du coin de l'œil, il vit que je l'attendais. « Un instant, Erekosë, j'ai du travail, ici.

— *Arjavh !* » Le mot que je criai était un défi, rien de plus.

Arjavh termina le dernier des fantassins et dirigea son cheval vers moi, sa masse d'armes géante tournoyant toujours comme un fléau alors que deux chevaliers montés s'approchaient de lui d'un air menaçant. Puis, voyant que nous étions sur le point de nous affronter, les deux hommes se retirèrent.

Nous étions maintenant assez proches l'un de l'autre pour nous battre. Je lui portai un coup puissant de mon épée empoisonnée, mais il se déporta à temps et je

161

sentis sa masse d'armes ricocher sur mon dos alors que je me penchais en avant sur ma selle, à la suite de mon coup raté, si loin que mon épée frôla le sol retourné.

Je ramenai l'épée vers le haut dans un balancement du bras et la masse était déjà là pour la dévier. Nous combattîmes plusieurs minutes jusqu'à ce que, à mon grand étonnement, j'entendisse une voix à quelque distance de là...

— RALLIEZ L'ETENDARD ! RALLIEZ-VOUS, CHEVALIERS DE L'HUMANITE !

Notre tactique avait échoué ! Ce cri le prouvait. Nos forces essayaient de se restructurer et d'attaquer à nouveau. Arjavh sourit et baissa sa masse d'armes.

— Ils cherchaient à encercler les mi-êtres, dit-il, et il éclata de rire.

— Nous nous rencontrerons à nouveau bientôt, Arjavh », criai-je en faisant tourner mon cheval ; je le lançai à travers la masse de combattants et me frayai un chemin au milieu des remous des hommes en plein combat, vers l'étendard qui flottait à ma droite.

Il n'y avait aucune lâcheté dans mon départ, et Arjavh le savait. Je devais être avec mes hommes quand ils se rallieraient. C'était pour cela qu'Arjavh avait baissé son arme. Il n'avait pas cherché à m'arrêter.

19

LE SORT DE LA BATAILLE EST TRANCHÉ

ARJAVH avait parlé des mi-êtres ? Je n'avais pas remarqué de goules parmi ses hommes. Qu'étaient-ils donc ? Quelles étaient ces créatures que l'on ne pouvait encercler ?

Les mi-êtres n'étaient qu'une partie de mon problème. Il fallait choisir très vite une nouvelle tactique ou le jour serait bientôt perdu. Quatre de mes maréchaux essayaient désespérément de resserrer leurs rangs alors que je m'approchais d'eux. Les Xénans ne s'étaient pas laissé encercler ; c'étaient eux qui nous encerclaient, et plusieurs groupes de nos guerriers étaient séparés du gros de nos forces.

Par-dessus le bruit de la bataille, je criai à un de mes maréchaux : « Quelle est la situation ? Pourquoi avons-nous si vite échoué ? Nous sommes plus nombreux qu'eux...

— Il est difficile de vous résumer la situation, Seigneur Erekosë, répondit le Maréchal, ou comment nous avons échoué. Un moment nous entourions les Xénans, et l'instant d'après c'était *nous* qui étions pris en tenaille par la moitié de leur armée — ils avaient disparu et étaient réapparus derrière nous ! Nous n'arrivons toujours pas à distinguer un Xénan bien matériel d'un mi-être. » L'homme qui m'avait répondu était le Comte Maybeda, un vieux guerrier expérimenté. Sa voix était saccadée et il avait l'air très ébranlé.

163

— Quels autres pouvoirs possèdent ces mi-êtres ? demandai-je.

— Ils sont assez matériels pour combattre, Seigneur Erekosë, et les armes ordinaires peuvent les tuer — mais ils peuvent disparaître à volonté et réapparaître à n'importe quel endroit de leur choix sur le terrain. Il est impossible d'arrêter une tactique avec un ennemi pareil.

— Dans ce cas, décidai-je, nous ferions mieux de regrouper nos hommes et de combattre en défense. A mon avis, nous avons encore l'avantage du nombre sur les Xénans et leurs alliés spectraux. Qu'ils y viennent donc !

Le moral de mes guerriers était bas. Ils étaient déconcertés et avaient du mal à accepter la possibilité d'une défaite alors que la victoire avait semblé si certaine.

Au milieu des remous de mon armée, je vis s'approcher la bannière au basilic des Xénans. Leur cavalerie avançait vers nous au galop, le Prince Arjavh à sa tête.

Nos forces se heurtèrent à nouveau et, encore une fois, je me battis avec le chef xénan.

Il connaissait le pouvoir de mon épée — il savait qu'il mourrait à son contact si elle trouvait un défaut dans son armure — mais sa masse d'armes, qu'il maniait aussi facilement qu'une épée, parait tous les coups que je lui portais.

Je me battis pendant une demi-heure avec lui, jusqu'à ce qu'il montre des signes de fatigue et d'étourdissement, tandis que mes muscles devenaient horriblement douloureux.

Une fois encore, nos forces avaient été divisées ! Une fois encore, on ne pouvait plus voir comment tournait le combat. Je ne m'en souciai guère, oubliant ce qui se passait autour de moi pour m'atteler à une tâche unique : percer la splendide garde d'Arjavh.

Puis je vis le Comte Maybeda passer à côté de moi au galop, son armure dorée fendue, le visage et les bras couverts de sang. D'une main rougie il portait la bannière déchirée de l'Humanité et, au milieu des

164

blessures de son visage, son regard fixe était empli de peur.

— Fuyez, Seigneur Erekosë! cria-t-il en passant au galop. Fuyez! Le jour est perdu!

Je ne pus le croire, jusqu'à ce que les restes dépenaillés de mon armée passent près de moi, refluant en une fuite ignominieuse.

— Ralliez-vous, combattants de l'Humanité! criai-je. Ralliez-vous! » Mais ils ne firent pas attention à moi. A nouveau, Arjavh laissa retomber sa masse d'armes à son côté.

— Vous êtes défaits, dit-il.

A contrecœur, je baissai mon épée.

— Vous êtes un adversaire valeureux, Prince Arjavh...

— Vous êtes un adversaire valeureux, Erekosë. Je n'oublie pas les conditions du combat. Allez en paix. Nécranal aura besoin de vous.

Je fis lentement non de la tête et pris une profonde inspiration. « Préparez-vous à vous défendre, Prince Arjavh », dis-je.

Il haussa les épaules, leva rapidement sa masse d'armes pour parer le coup que je lui portai et l'abattit brusquement sur mon poignet protégé par mon gantelet de métal. Tout mon bras fut engourdi. J'essayai de maintenir ma prise sur mon épée, mais mes doigts refusèrent de répondre. Elle glissa de ma main et resta suspendue à mon poignet, retenue par une lanière de cuir.

En jurant, je sautai de ma selle et me jetai sur lui en essayant de l'agripper de ma main valide, mais il fit faire un écart à sa monture et je tombai le visage en avant dans la boue sanglante du champ de bataille.

Je tentai une fois de me relever, échouai et perdis conscience.

20

UN MARCHÉ

QUI SUIS-JE ?
Tu es Erekosë, le Champion Eternel.
QUEL EST MON VRAI NOM ?
Celui que tu portes suivant le moment et le lieu.
POURQUOI SUIS-JE TEL QUE JE SUIS ?
Parce que c'est ce que tu as toujours été.
QU'EST-CE QUE « TOUJOURS » ?
Toujours.
CONNAÎTRAI-JE UN JOUR LA PAIX ?
Tu connaîtras parfois la paix.
PENDANT COMBIEN DE TEMPS ?
Pendant quelque temps.
D'OÙ SUIS-JE VENU ?
Tu as toujours été.
OÙ VAIS-JE ?
Là où tu le dois.
DANS QUEL BUT ?
Pour te battre.
POUR ME BATTRE POUR QUOI ?
Pour te battre.
POUR QUOI ?
Te battre.
POUR QUOI ?

***

Je frissonnai, et me rendis compte que je ne portais plus mon armure. Je levai les yeux. Arjavh se tenait debout devant moi.

— Je me demande pourquoi il me haïssait à ce moment-là », se murmurait-il à lui-même. Puis il vit que j'étais réveillé et son expression changea. Il eut un sourire léger. « Vous êtes un combattant acharné, Sire Champion. »

Je regardai ses yeux laiteux et tristes.

— Mes guerriers, dis-je, que... ?

— Les survivants ont fui. Nous avons relâché les quelques prisonniers que nous avions et les avons laissés rejoindre leurs camarades. C'étaient les termes du combat, je crois ?

Je me redressai avec effort. « Allez-vous alors me relâcher ?

— Je suppose. Quoique...

— Quoique ?

— Vous seriez un prisonnier utile pour une négociation.

Je compris ce qu'il voulait dire et me détendis, me laissant de nouveau aller sur le lit dur. Je réfléchis longuement et combattis l'idée qui me vint à l'esprit. Mais elle grandit de façon incontrôlable. A la fin, je déclarai, presque contre ma volonté : « Echangez-moi contre Ermizhad. »

Une fugace expression de surprise passa dans ses yeux calmes. « Vous suggéreriez cela ? Mais Ermizhad est un otage tellement précieux pour l'Humanité...

— Allez au diable, Xénan. Je vous ai dit de m'échanger contre elle.

— Vous êtes un humain étrange, mon ami. Mais puisque vous m'y autorisez, c'est ce que je vais faire. Je vous remercie. Vous vous rappelez vraiment le vieux Code de la Guerre à la perfection. Je crois que vous êtes celui que vous prétendez être.

Je fermai les yeux. J'avais mal à la tête.

Il quitta la tente et je l'entendis donner des instructions à un messager.

— Faites en sorte que le peuple soit au courant, criai-

167

je depuis mon lit. Le Roi ne sera peut-être pas d'accord, mais le peuple lui forcera la main. Je suis son héros ! Il m'échangera volontiers contre un Xénan — et peu importe qui est ce Xénan.

Arjavh donna au messager des instructions dans ce sens. Il revint dans la tente.

— Je n'arrive pas à comprendre », dis-je au bout d'un moment. Il était assis sur un banc à l'autre extrémité de la tente. « Je n'arrive pas à comprendre que les Xénans n'aient pas vaincu l'Humanité aupara-vant. Avec ces guerriers mi-êtres, j'aurais cru que vous étiez invincibles. »

Il fit un signe de dénégation. « Nous avons rarement recours à nos alliés, dit-il. Mais j'étais aux abois. Vous pouvez comprendre que j'étais prêt à tout pour sauver ma sœur.

— Je peux le comprendre, lui dis-je.

— Nous n'aurions jamais entrepris cette invasion, poursuivit-il, si ce n'avait été pour elle. » C'était dit avec tant de simplicité que je le crus. J'en étais à peu près certain d'avance.

Je pris une profonde inspiration. « C'est difficile pour moi, dis-je. Je suis obligé de me battre comme cela, sans savoir qui a tort et qui a raison dans ce combat, sans avoir une vraie connaissance de ce monde ou une opinion sur ceux qui l'habitent. Des faits tout simples s'avèrent être des mensonges — et des choses incroya-bles s'avèrent être vraies. Que sont les mi-êtres, par exemple ? »

Il sourit à nouveau. « Des goules sorcières, dit-il.

— C'est ce que m'a dit le Roi Rigenos. Ce n'est pas une explication.

— Et si je vous disais qu'ils sont capables de casser leur structure atomique et de la rassembler en un autre endroit ? Vous ne me comprendriez pas. Sorcellerie, diriez-vous.

La nature scientifique de cette explication me surprit. « Je vous comprendrais mieux », dis-je lentement.

Il leva ses sourcils tombants.

— Vous n'êtes *vraiment pas* comme les autres, dit-il. Eh bien, les mi-êtres, comme vous l'avez vu, sont apparentés aux Xénans. Tous ceux qui résident dans les Mondes Fantômes ne sont pas apparentés à notre race — certains sont plus proches cousins des hommes, et il existe d'autres formes de vie plus basses...

« Les Mondes Fantômes sont bien matériels, mais ils existent dans une série de dimensions alternatives par rapport à la nôtre. Dans ces mondes, les mi-êtres n'ont pas de pouvoirs particuliers — pas plus que nous n'en avons dans le nôtre — mais ici ils en ont. Nous ne savons pas pourquoi. Ils ne le savent pas davantage. Sur Terre, d'autres lois semblent s'appliquer à eux. Il y a plus d'un million d'années, nous avons découvert un moyen de lancer un pont interdimensionnel entre la Terre et ces autres mondes. Nous y avons trouvé une race apparentée à la nôtre qui accepte à l'occasion de venir à notre aide si sa présence nous est particulièrement nécessaire. C'est ce qui s'est produit aujourd'hui. Parfois, néanmoins, le pont cesse d'exister quand les Mondes Fantômes entrent dans une phase nouvelle de leur bizarre orbite, si bien que les mi-êtres qui se trouvent sur la Terre à ce moment ne peuvent rentrer chez eux, pas plus que ceux de notre peuple s'ils sont dans les Mondes Fantômes. Il est donc dangereux, vous le comprendrez, de rester trop longtemps d'un côté ou de l'autre.

— Est-il possible, demandai-je, que les Xénans soient à l'origine venus de ces Mondes Fantômes?

— C'est possible, j'imagine, répondit-il. Mais ce n'est mentionné nulle part...

— C'est peut-être pour cela que les humains vous haïssent comme étrangers, suggérai-je.

— Ce n'est pas la raison, me dit-il, car les Xénans occupaient la Terre des éternités avant que la race humaine vînt sur cette planète.

— Quoi !

— C'est la vérité, dit-il. Je suis un immortel et mon grand-père était un immortel. Il fut tué au cours des premières guerres entre les Xénans et l'Humanité.

Quand les humains sont arrivés sur Terre, ils avaient des armes incroyables avec un potentiel de destruction terrifiant. A cette époque, nous utilisions nous aussi des armes semblables. Les guerres avaient causé tant de destructions que la Terre ressemblait à une boule de boue noire quand les guerres eurent cessé et que les Xénans eurent été défaits. La destruction était telle que nous avons juré de ne plus jamais nous servir de nos armes, que nous fussions ou non menacés d'extermination. Il nous était impossible d'assumer la responsabilité de la destruction de toute une planète.

— Vous voulez dire que vous avez toujours ces armes ?

— Elles sont enfermées en lieu sûr, oui.

— Et vous avez les connaissances nécessaires pour vous en servir ?

— Bien sûr. Nous sommes immortels. Il y en a beaucoup chez nous qui ont combattu durant ces guerres, et certains ont même construit de nouvelles armes avant que nous n'ayons pris notre décision.

— Alors pourquoi… ?

— Je vous l'ai dit. Nous avons juré de ne pas les employer.

— Qu'est-il advenu des armes des humains — et de leur science ? Ont-ils fait le même choix ?

— Non. La race humaine est tombée en dégénérescence pendant un temps. Des guerres ont éclaté en son sein. A une époque, ils se sont presque exterminés mutuellement ; à une autre, ils devenaient barbares ; à une autre encore, ils semblaient mûrir, faire la paix avec leur âme et se réconcilier. C'est durant l'un de ces stades qu'ils ont perdu leur science et les armes qui leur restaient. Au cours du dernier million d'années, ils se sont à nouveau hissés hors de la sauvagerie absolue — les années de paix furent brèves, une fausse accalmie — et je prédirais volontiers qu'ils y retomberont assez rapidement. Ils paraissent acharnés à leur propre destruction autant qu'à la nôtre. Nous nous demandons si les humains qui doivent sûrement exister sur d'autres

170

planètes que celle-ci sont tous pareils. Peut-être que non.

— J'espère que non, dis-je. Comment croyez-vous que les Xénans se débrouilleront face aux humains ?

— Mal, dit-il. Les humains sont galvanisés de vous avoir à leur tête, et le passage vers les Mondes Fantômes doit bientôt se refermer. Auparavant, voyez-vous, des querelles divisaient l'Humanité. Le Roi Rigenos n'arrivait pas à raccommoder ses maréchaux et il n'était pas assez sûr de lui pour prendre de grandes décisions. Mais vous avez pris les décisions à sa place et vous avez uni les maréchaux. Vous gagnerez, je pense.

— Vous êtes fataliste, dis-je.

— Je suis réaliste, dit-il.

— Ne pourrions-nous trouver des arrangements pour faire la paix ?

Il secoua la tête. « A quoi bon parler ? me demanda-t-il d'un ton amer. Vous, les humains, je vous plains. Pourquoi voulez-vous toujours identifier nos motifs aux vôtres ? Nous ne cherchons pas le pouvoir — seulement la paix. La paix ! Mais je suppose que cette planète ne la connaîtra pas tant que l'Humanité ne sera pas morte de vieillesse.

Je demeurai avec Arjavh quelques jours encore avant qu'il me relâchât sur parole, et je repris le chemin de Nécranal à cheval. Le trajet fut long, j'étais seul et le temps ne me manqua pas pour réfléchir.

On me reconnut à peine, cette fois, car j'étais couvert de poussière, mon armure était bosselée et les habitants de Nécranal s'étaient habitués à la vue de guerriers vaincus rentrant à la cité.

Je me rendis au Palais aux Dix Mille Fenêtres où régnait un silence lugubre. Le Roi n'était pas dans la Grande Salle et Iolinda était introuvable dans ses quartiers.

Une fois dans mes anciens appartements, je me dépouillai de mon arme. « Quand Dame Ermizhad est-elle partie ? m'enquis-je auprès d'un esclave.

— Partie, maître ? N'est-elle pas toujours ici ?

— Quoi ? Où cela ?

— Dans les mêmes quartiers, sûrement...

J'avais encore mon plastron ; je remis mon épée tout en enfilant les couloirs à grandes enjambées et j'arrivai aux appartements d'Ermizhad où j'entrai en coup de vent, sous le nez du garde.

— Ermizhad — on devait vous échanger contre moi. C'étaient les termes de l'accord. Où est le Roi ? Pourquoi n'a-t-il pas tenu parole ?

— Je ne savais rien de tout cela, dit-elle. Je ne savais pas qu'Arjavh était si proche, sinon...

Je l'interrompis. « Venez avec moi. Nous allons trouver le Roi et vous renvoyer chez vous. »

Je la traînai presque d'une pièce à l'autre ; enfin je trouvai le Roi dans ses appartements privés. Il était en conférence avec Roldero quand j'ouvris la porte sans ménagement et fonçai sur lui.

— Roi Rigenos, qu'est-ce que cela signifie ? J'avais donné ma parole au Prince Arjavh qu'Ermizhad partirait d'ici librement contre ma propre libération. Il m'a permis de quitter son camp sur ma foi, et maintenant je reviens pour trouver la Dame Ermizhad toujours captive. J'exige qu'on la relâche immédiatement.

Le Roi et Roldero éclatèrent de rire.

— Allons, Erekosë, dit Roldero. Qui est obligé de tenir sa parole envers un chacal xénan ? Maintenant, nous avons retrouvé notre Champion de Guerre et retenons toujours notre meilleur otage. Laissez tomber Erekosë. Il n'y a pas lieu de considérer les Xénans comme humains !

Ermizhad sourit. « Ne vous inquiétez pas, Erekosë. J'ai d'autres amis. » Elle ferma les yeux et se mit à fredonner. Au début, les paroles n'étaient presque pas audibles, mais elle éleva la voix et une suite bizarre d'harmonies devint perceptible.

Roldero bondit vers elle en tirant l'épée.

— Sorcellerie !

Je m'interposai.

172

— Hors de mon chemin, Erekosë. Cette chienne invoque sa famille de démons !

Je dégainai moi aussi et brandis l'épée devant moi en signe d'avertissement, protégeant ainsi Ermizhad. Je n'avais aucune idée de ce qu'elle faisait, mais j'allais maintenant lui donner l'occasion de faire ce qu'elle voulait.

Sa voix changea brusquement, puis s'interrompit. Enfin elle s'écria : « Frères ! Frères des Mondes Fantômes — aidez-moi ! »

21

UN SERMENT

BRUSQUEMENT, une douzaine de Xénans se maté-
rialisèrent dans la chambre ; leurs visages étaient à peine
différents d'autres que j'avais vus. Je savais maintenant
que c'étaient des mi-êtres.

— Voilà ! cria Rigenos. De la sorcellerie noire. C'est
une sorcière. Je vous l'avais bien dit ! Une sorcière !

Les mi-êtres ne disaient rien. Ils entourèrent Ermizhad au point que leurs corps se touchaient entre eux, et
qu'ils étaient tous en contact avec elle. Alors Ermizhad
cria : « Partons, frères — retournons au camp des
Xénans ! »

Leurs silhouettes se mirent à trembloter, si bien qu'on
eût dit qu'ils étaient à moitié dans notre dimension, à
moitié dans une autre. « Au revoir, Erekosë, s'écria-
t-elle. J'espère que nous nous reverrons en des circonstances plus heureuses.

— Je l'espère ! » lui criai-je en retour. Puis ils disparurent.

— Traître ! jura le Roi Rigenos. Vous avez favorisé
son évasion !

— On devrait vous torturer à mort ! ajouta Roldero,
dégoûté.

— Je ne suis pas un traître, et vous le savez bien, dis-
je d'un ton égal. C'est vous qui êtes les traîtres —
traîtres à votre parole, dans la grande tradition de vos
ancêtres. Vous ne pouvez m'accuser de rien, espèces de
pauvres — de pauvres...

Je me tus, tournai les talons et sortis de la chambre.

— Vous avez perdu la bataille — Champion de Guerre! me cria le Roi Rigenos d'une voix aiguë tandis que je m'éloignais à grandes enjambées. Le peuple ne respecte pas la défaite!

Je me mis à la recherche de Iolinda.

Elle avait fait une promenade sur les balcons et était à présent de retour dans ses appartements. Je l'embrassai; j'avais besoin en ce moment de la compassion bienveillante d'une femme, mais j'eus l'impression de me heurter à un mur. Elle ne paraissait pas prête à me donner son aide, même si elle m'embrassait consciencieusement. Finalement, je cessai de l'étreindre et reculai un peu, la regardant dans les yeux.

— Qu'est-ce qui ne va pas?

— Rien, dit-elle. Que veux-tu qu'il y ait? Tu es sauf. J'avais craint que tu ne fusses mort.

Cela venait-il de moi, alors? Etait-ce...? Je repoussai cette pensée. Mais un homme peut-il se forcer à aimer une femme? Peut-il aimer deux femmes à la fois? Je me raccrochais désespérément aux lambeaux de l'amour que j'avais ressenti pour elle la première fois que nous nous étions vus.

— Ermizhad est en sécurité, dis-je maladroitement, elle a appelé ses frères, les mi-êtres, à son secours et, une fois qu'elle sera de retour au camp xénan, Arjavh reconduira ses troupes à Mernadin. Cela devrait te faire plaisir.

— Oui, dit-elle, puis : Et l'évasion de notre otage te fait sans doute plaisir!

— Que veux-tu dire?

— Mon père m'a raconté comment tu as été charmé par sa sorcellerie lubrique. Tu avais l'air plus soucieux de sa sécurité que de la nôtre.

— Ce sont des bavardages ridicules.

— Tu parais aussi apprécier la compagnie des Xénans. Tu passes des vacances avec notre plus grand ennemi...

— Arrête ! Ce ne sont que des commérages absurdes !

— Vraiment ? Je crois que mon père disait vrai, Erekosë. » Elle parlait maintenant à voix basse. Elle se détourna.

— Mais je t'aime, Iolinda. Je n'aime que toi.

— Je ne te crois pas, Erekosë.

Qu'y avait-il en moi qui me rendit tel que je devins alors ? Je fis un serment qui devait affecter nos destinées à tous. Mon amour pour elle commençait à s'éteindre et je la considérais de plus en plus comme une idiote égoïste et avide ; pourquoi est-ce alors que je protestai d'un amour plus grand encore envers elle ?

Je ne sais pas. Je sais seulement que je le fis.

— Je t'aime plus que ma vie, Iolinda ! dis-je. Je ferais n'importe quoi pour toi !

— Je ne te crois pas !

— C'est vrai. Je te le prouverai ! m'écriai-je, au supplice.

Elle se retourna. Ses yeux étaient pleins de chagrin et de reproche. J'y vis une amertume si profonde qu'elle était insondable. J'y vis la colère et j'y vis la vengeance.

— Comment le prouveras-tu, Erekosë ? dit-elle doucement.

— Je jure de tuer tous les Xénans.

— Tous ?

— Je prendrai toutes les vies xénannes qui existent.

— Tu n'en épargneras aucune ?

— Aucune ! Aucune ! Je veux que tout cela cesse. Et la seule façon pour que cela cesse, c'est que je les tue tous. Alors, tout sera fini — seulement à ce moment-là !

— Y compris le prince Arjavh et sa sœur ?

— Y compris eux !

— Tu jures cela ? Tu le jures ?

— Je le jure. Et quand le dernier Xénan mourra, quand le monde entier sera à nous, je te l'apporterai et nous nous marierons.

Elle hocha la tête. « Très bien, Erekosë. Je te verrai

176

plus tard. » D'une démarche fluide, elle sortit rapidement de la pièce.

Je débouclai mon épée et la jetai violemment par terre. Je passai les heures suivantes à combattre le tourment de mon esprit.

Mais j'avais juré, désormais.

Bientôt, je devins froid comme de la glace. Je pensais ce que j'avais dit. J'exterminerais tous les Xénans. J'en débarrasserais le monde. Je débarrasserais mon esprit de ce tumulte incessant.

22

RAVAGES

PLUS je m'éloignais de l'homme, plus je me transformais en automate, et du coup les rêves et les demi-souvenirs cessèrent de me tourmenter. C'était comme s'ils m'avaient forcé à entrer dans ce rôle sans âme, comme si, maintenant que j'étais une créature sans remords ni conscience, ils me récompensaient par leur absence. Si je faisais mine de redevenir un être humain ordinaire, ils me puniraient par leur présence.

Mais ce n'est qu'une idée. Elle n'est pas plus proche de la vérité, je suppose, qu'aucune autre. On pourrait aussi bien soutenir que j'étais sur le point d'atteindre cette catharsis qui me débarrasserait de mon ambivalence et bannirait mes cauchemars.

Je passai un mois à me préparer pour la grande guerre contre les Xénans, voyant peu ma fiancée, cessant même de la chercher pour me concentrer sur les plans des campagnes futures.

J'acquis l'esprit strictement bridé du soldat. Je ne me laissais influencer par aucune émotion, pas plus l'amour que la haine.

Je devins fort. Et dans ma force je devins virtuellement inhumain. Je savais que les gens en parlaient — mais ils voyaient en moi les qualités d'un grand chef de guerre et, s'ils évitaient tous ma compagnie, ils étaient heureux d'avoir Erekosë à leur tête.

Arjavh et sa sœur avaient rejoint leurs navires et repris le chemin de leur pays. A présent, ils nous attendaient sans doute, se préparant pour la bataille à venir.

Nous reprîmes les plans initiaux ; enfin nous fûmes prêts à appareiller pour les Iles Extérieures du Bord du Monde. Le Passage vers les Mondes Fantômes. Nous voulions fermer ce passage.

Et ce fut l'appareillage.

Il nous fallut supporter une traversée longue et ardue, avant d'apercevoir les tristes falaises des Iles Extérieures et de nous préparer à l'invasion.

Roldero m'accompagnait. Mais c'était un Roldero sinistre, un Roldero muet qui s'était transformé, comme moi-même, en instrument de guerre exclusivement.

Avec prudence, nos navires entrèrent dans les ports, mais, apparemment, les Xénans avaient eu vent de notre venue et presque tous avaient abandonné les villes. Cette fois, il n'y avait ni femmes ni enfants. Il n'y avait que quelques poignées de Xénans à tuer. Et nous ne vîmes aucun mi-être. Arjavh n'avait pas menti quand il disait que les portes qui donnaient sur les Mondes Fantômes se refermaient.

Les villes furent détruites, incendiées et pillées comme il est naturel, mais sans avidité. Des Xénans capturés furent mis à la torture : que signifiait cet abandon des villes ? Au fond de moi, je connaissais la réponse. Nos troupes perdirent leur enthousiasme et, alors que nous n'avions pas laissé un seul bâtiment debout, ni un Xénan en vie, les hommes ne pouvaient se débarrasser de l'impression qu'ils avaient d'une certaine façon été frustrés — comme un amant passionné est repoussé par une jeune fille farouche.

Et, parce que les Xénans leur refusaient une belle et puissante bataille, nos soldats ne les en haïrent que plus.

Enfin notre tâche fut finie dans les Iles Extérieures : chaque édifice n'était plus que poussière, chaque ennemi un cadavre ; la flotte appareilla aussitôt pour le continent de Mernadin et gagna Paphanaal, que nos

179

forces tenaient toujours, sous les ordres du Seigneur Katorn. Le Roi Rigenos les avait rejointes et attendait notre arrivée. L'armée débarqua et s'enfonça à l'intérieur du continent, résolue à en faire la conquête.

Peu d'incidents me reviennent en détail. Les jours se fondaient les uns dans les autres et, partout où nous allions, nous tuions des Xénans. On eût dit qu'aucune forteresse xénanne ne pouvait résister à notre implacable progression...

Je tuais infatigablement, ma soif de sang était insatiable. L'humanité avait voulu un loup tel que moi, et maintenant elle l'avait et le suivait, même si elle le craignait.

Ce fut une année de feu et d'acier, et, par moments, Mernadin paraissait être une mer de fumée et de sang. Les troupes étaient physiquement exténuées, mais l'esprit de massacre les habitait et cet esprit leur donnait une terrible vitalité.

Une année de douleur et de mort, et partout où les bannières de l'Humanité rencontraient les étendards des Xénans, les étendards frappés du basilic étaient déchirés et piétinés.

Nous passions tout ce que nous trouvions par le fil de l'épée. Nous punissions impitoyablement nos déserteurs, nous fustigions nos troupes pour leur donner plus d'endurance encore.

Nous étions les cavaliers de la mort, le Roi Rigenos, le Seigneur Katorn, le Comte Roldero et moi-même. Nous étions efflanqués comme des chiens affamés, dévorant la chair xénanne, lapant avidement le sang xénan. Des chiens féroces, voilà ce que nous étions. Des chiens haletants aux yeux fous, aux crocs acérés, toujours en quête de l'odeur du sang fraîchement répandu.

Les villes brûlaient derrière nous, les cités tombaient et s'écrasaient au sol, pierre par pierre. Les cadavres xénans jonchaient la campagne et nos plus fidèles compagnons de camp étaient des charognards et des chacals au poil luisant de santé.

180

Une année de carnage. Une année de destruction. Si je ne pouvais me forcer à aimer, du moins pouvais-je me forcer à haïr, et c'est ce que je fis. Tous me craignaient, humains et Xénans également, alors que je changeais la belle Mernadin en un bûcher funéraire où je cherchais, dans l'horreur de mon trouble et de ma peine, à consumer ma défunte humanité.

Ce fut dans la vallée de Kalaquita, où se dressait la cité des jardins de Lakh, que le Roi Rigenos fut tué.

La cité semblait calme et déserte et nous nous sommes précipités sur elle sans grandes précautions. D'une seule voix, nous avons poussé un grand hurlement ; l'armée disciplinée qui avait atterri à Paphanaal n'était plus qu'une horde aux armures encroûtées de sang, aux épées encrassées de poussière, qui agitait ses armes en fonçant dans un galop sauvage sur la cité des jardins de Lakh.

C'était un piège.

Les Xénans se tenaient dans les collines et avaient utilisé leur magnifique cité comme appât. Des canons à tubes d'argent hurlèrent soudain dans les bosquets alentour et projetèrent une averse de métal porté au rouge au milieu de nos soldats pris au dépourvu ! Des flèches fines jaillirent en sifflant comme une vague de terreur aux pointes acérées, comme les archers xénans dissimulés prenaient leur revanche avec leurs arcs.

Des chevaux tombèrent. Des hommes crièrent. Déroutés, nous tournions en tous sens. Enfin nos propres archers commencèrent à riposter, visant non les archers ennemis, mais leurs canonniers. Peu à peu, les canons d'argent se turent et les archers se dispersèrent dans les collines, se repliant à nouveau sur une de leurs dernières places fortes.

Je me tournai vers le Roi Rigenos, assis à côté de moi sur son cheval de combat. Il était rigide, les yeux braqués vers le ciel. Je vis qu'une flèche lui avait transpercé la cuisse et s'était fichée dans sa selle, le clouant à son cheval.

— Roldero ! criai-je. Trouvez un médecin pour le Roi, si nous en avons un.

Roldero cessa de compter nos morts pour venir vers moi. Il releva la visière du Roi et haussa les épaules. Puis il me regarda d'une manière significative. « A son aspect, il y a plusieurs minutes qu'il ne respire plus.

— C'est absurde. On ne meurt pas d'une flèche dans la cuisse. En tout cas, pas normalement — et pas si vite. Trouvez le médecin.

Un sourire bizarre passa sur les traits sombres de Roldero. « C'est le choc, je pense, qui l'a tué. » Puis il éclata d'un rire brutal et, d'une poussée, fit basculer le cadavre en armure ; la flèche s'arracha de la selle et le corps tomba lourdement dans la boue. « Votre fiancée est maintenant reine, Erekosë, dit Roldero, riant toujours. Je vous félicite. »

Ma monture s'agita tandis que je contemplais le cadavre de Rigenos. Puis je haussai les épaules et m'éloignai sur mon destrier.

Notre coutume était de laisser les morts sur place, quel que fût leur rang.

Nous emmenâmes le cheval de Rigenos. C'était une bonne monture.

La perte du Roi ne troubla pas nos guerriers, sauf Katorn qui avait l'air un peu perturbé, peut-être à cause de la grande influence qu'il avait eue sur le monarque. Mais le Roi n'avait été qu'une marionnette au pouvoir, surtout dans la dernière année, car l'humanité suivait un conquérant plus inflexible, qu'elle considérait avec crainte et respect.

Erekosë le Mort, m'appelait-on — l'Epée vengeresse de l'Humanité.

Peu m'importait comment on m'appelait — le Ravageur, le Saigneur, l'Enragé —, car mes rêves ne me tourmentaient plus et mon but ultime était de plus en plus proche.

Finalement il ne resta qu'une seule place forte xénanne à conquérir. Alors je traînai mes armées derrière moi comme si je les tenais par une corde. Je les traînai vers la cité principale de Mernadin, par les Plaines de Glace Fondante. La capitale d'Arjavh — Loos Ptokai.

Un soir, nous vîmes ses tours menaçantes se découper sur le rouge du ciel. De marbre et de granit noir, elle se dressait au-dessus de nous, puissante et apparemment invulnérable. Mais je savais que nous la prendrions.

Arjavh m'en avait donné l'assurance, après tout. Il m'avait dit que nous devions gagner.

La nuit suivant l'installation de notre camp sous les murs de Loos Ptokai, j'étais vautré dans mon fauteuil et, ne pouvant dormir, je ruminais, les yeux perdus dans l'obscurité. Ce n'était pas mon habitude. Normalement, je m'effondrais sur mon lit et, épuisé par les tueries de la journée, ronflais jusqu'à l'aube.

Mais ce soir-là, je ruminai des idées sombres.

Et puis, à l'aurore, les traits durs et froids comme la pierre, je chevauchai sous ma bannière, comme une année auparavant j'avais chevauché jusqu'au camp des Xénans, mon héraut à mes côtés.

Nous nous sommes arrêtés à la porte principale de Loos Ptokai. Des Xénans nous regardaient du haut de l'enceinte.

Mon héraut porta sa trompette d'or à ses lèvres et en tira une note sinistre qui résonna parmi les tours noir et blanc de Loos Ptokai.

— Prince xénan ! appelai-je de ma voix de mort. Arjavh de Mernadin, je suis venu vous tuer.

Alors, sur les remparts au-dessus de la grande porte principale, je vis apparaître Arjavh. Il me regarda, avec de la tristesse dans ses yeux étranges.

— Salut, vieil ennemi, cria-t-il. Votre siège sera long avant que vous n'arriviez à pénétrer ici, notre dernier lieu de résistance.

— Qu'il en soit ainsi, dis-je, mais je jure que nous entrerons.

Arjavh resta silencieux un moment. Puis il dit : « Une fois, nous sommes tombés d'accord pour mener une

183

bataille selon le Code de la Guerre erekosien. Désirez-vous en discuter à nouveau les termes ? »

Je fis non de la tête. « Nous n'aurons de cesse que chaque Xénan soit tué. J'ai juré de débarrasser la Terre de toute votre race.

— Alors, dit Arjavh, avant que la bataille commence, je vous invite à entrer dans Loos Ptokai, comme invité, et à vous délasser. Vous semblez avoir besoin de repos.

A ces mots, je redressai la tête, mais mon héraut ricana. « Leur défaite les rend naïfs, maître, s'ils croient pouvoir vous tromper par une ruse aussi grossière. »

Mais mon esprit était soudain en proie à des émotions conflictuelles. « Tais-toi ! » ordonnai-je au héraut. Je pris une profonde inspiration.

— Eh bien... ? cria Arjavh.

— J'accepte », dis-je d'une voix sourde. Puis j'ajoutai : « La Dame Ermizhad est-elle à l'intérieur ?

— Oui — et elle est impatiente de vous revoir. » La voix d'Arjavh s'était faite tranchante. Un instant je redevins soupçonneux. Le héraut avait peut-être raison. Je savais qu'Arjavh adorait sa sœur.

Peut-être Arjavh était-il conscient de mon affection refoulée pour sa sœur. Cette affection que je refusais de reconnaître, bien sûr, mais qui secrètement m'avait poussé à pénétrer dans Loos Ptokai.

Ebahi, le héraut dit : « Mon seigneur, vous n'êtes sûrement pas sérieux ? Une fois passées ces portes, on vous tuera. Autrefois, on disait que le Prince Arjavh et vous n'étiez pas en trop mauvais termes pour des ennemis, mais, après les ravages que vous avez causés à Mernadin, il vous tuera tout de suite. Qui agirait autrement ?

Je secouai la tête. Mon humeur avait changé, elle était plus calme. « Il ne le fera pas, dis-je. J'en suis sûr. Et de cette façon je pourrai trouver l'occasion d'estimer la force des Xénans. Cela nous sera utile.

— Mais désastreux pour nous, si vous deviez mourir...

184

— Je ne mourrai pas, dis-je, et toute ma férocité, ma haine, ma rage démente de combats semblèrent s'échapper de moi en un grand flot, me laissant, alors que je me détournais afin que le héraut ne vît rien, au bord des larmes.

— Ouvrez vos portes, Prince Arjavh, criai-je d'une voix tremblante. Je viens à Loos Ptokai pour y être votre hôte.

23

A LOOS PTOKAI

LENTEMENT, je pénétrai à cheval dans la cité ; j'avais laissé mon épée et ma lance au héraut abasourdi qui rentrait maintenant au galop à notre camp pour rapporter la nouvelle aux maréchaux.

Les rues de Loos Ptokai étaient silencieuses, comme en deuil, tandis qu'Arjavh descendait des remparts pour m'accueillir. Quand il fut près de moi, je vis sur son visage la même expression qui durcissait mes traits. Sa démarche était moins souple et sa voix moins mélodieuse que lors de notre première rencontre, un an auparavant.

Je mis pied à terre. Il saisit ma main.

— Ainsi, dit-il avec une gaieté forcée, le barbare fauteur de guerre est toujours bien matériel. Mon peuple commençait à en douter.

— Je suppose qu'ils me haïssent, dis-je.

Il eut l'air un peu surpris. « Les Xénans ne peuvent pas haïr », dit-il en me menant à son palais.

— Arjavh m'introduisit dans une petite pièce qui contenait un lit, une table et un fauteuil, tous d'une merveilleuse finesse de travail, graciles et apparemment faits métal précieux, mais en réalité adroitement taillés dans le bois. Dans un coin, encastrée dans le sol, se trouvait une baignoire remplie d'eau fumante.

Une fois Arjavh sorti, je me dépouillai de mon armure encrassée de sang et de poussière et m'extirpai des sous-vêtements que j'avais tant portés depuis un an. Puis je m'enfonçai dans l'eau avec soulagement.

Depuis le choc émotionnel initial causé par l'invitation d'Arjavh, mon esprit était resté engourdi. Mais à présent, pour la première fois depuis un an, je me détendais, mentalement et physiquement, lavant tout mon chagrin de toute ma haine en même temps que je lavais mon corps.

J'étais presque joyeux en revêtant les nouveaux habits qu'on m'avait préparés et, quand on frappa à ma porte, c'est sur un ton léger que je criai d'entrer.

— Salutations, Erekosë. » C'était Ermizhad.

— Ma dame. » Je m'inclinai.

— Comment vous sentez-vous, Erekosë ?

— Sur la guerre, comme vous le savez, je me sens confiant. Et personnellement, je me sens mieux grâce à votre hospitalité.

— Arjavh m'envoie vous apporter le repas.

— Je suis prêt. Mais d'abord, dites-moi comment vous vous êtes portée, Ermizhad.

— Assez bien — pour la santé », dit-elle. Puis elle vint plus près de moi. Involontairement, je me reculai un peu. Elle baissa les yeux vers le sol et porta les mains à sa gorge. « Et dites-moi — êtes-vous à présent marié avec la Reine Iolinda ?

— Nous sommes toujours fiancés, lui répondis-je.

Puis, avec fermeté, je regardai Ermizhad dans les yeux et ajoutai d'une voix aussi égale que possible : « Nous devons nous marier une fois que...

— Une fois que ?

— Une fois que Loos Ptokai sera prise.

Elle ne dit rien.

Je m'approchai d'elle au point que nous n'étions plus qu'à un pouce l'un de l'autre. « C'est à ces seules conditions qu'elle consentira à m'épouser, dis-je. Je dois anéantir tous les Xénans. Vos bannières piétinées seront mon présent de mariage. »

Ermizhad hocha la tête et me lança un regard bizarre, triste et sarcastique. « C'est donc le serment que vous avez prêté. Vous devez le tenir. Vous devez tuer tous les Xénans. Tous. »

Je m'éclaircis la gorge. « C'est mon serment.

— Venez, dit-elle. Le repas refroidit.

Pendant le dîner, Ermizhad et moi étions assis l'un près de l'autre ; Arjavh décrivit avec humour certaines des expériences les plus étranges de ses ancêtres savants, et pendant un temps l'idée de la bataille à venir parut oubliée. Mais plus tard, Ermizhad et moi parlions à voix basse quand je surpris une expression de peine dans l'œil d'Arjavh, et il resta un moment sans rien dire. Soudain, il nous interrompit :

— Nous sommes battus, comme vous le savez, Erekosë.

Je ne voulais plus parler de ces choses. Je haussai les épaules et tentai de renouer ma conversation légère avec Ermizhad. Mais Arjavh insista.

— Nous sommes condamnés, Erekosë, à tomber sous les épées de votre grande armée.

J'inspirai profondément et le regardai droit dans les yeux. « Oui. Vous êtes condamné, Prince Arjavh.

— Ce n'est plus qu'une question de temps avant que vous rasiez notre Loos Ptokai.

Cette fois, j'évitai son regard pressant et me contentai d'opiner.

— Alors — vous... » Il s'interrompit.

Je m'impatientai. Différentes émotions se mêlaient en moi. « Mon serment... lui rappelai-je. Je dois faire ce que j'ai juré, Arjavh.

— Je ne crains pas de perdre ma propre vie... commença-t-il.

— Je sais ce que vous craignez, lui dis-je.

— Les Xénans ne pourraient-ils pas reconnaître leur défaite, Erekosë ? Ne pourraient-ils concéder la victoire à la race humaine ? Sûrement, une seule cité... ?

— J'ai prêté un serment. » La tristesse m'envahissait à présent.

— Mais vous ne pouvez pas... (Ermizhad fit un geste

188

de sa main fine.) Nous sommes vos amis, Erekosë. Nous apprécions d'être ensemble. Nous — nous *sommes* amis...

— Nous sommes de races différentes, dis-je. Nous sommes en guerre.

— Je ne demande pas la pitié, dit Arjavh.

— Je sais cela, rétorquai-je. Je ne doute pas du courage des Xénans. J'en ai eu trop d'exemples.

— Vous êtes fidèle à un serment que vous avez fait sous le coup de la colère, que vous avez offert à une abstraction, et qui vous conduit à tuer ceux que vous aimez et respectez... » Le ton d'Ermizhad était perplexe. « N'êtes-vous pas las de tuer, Erekosë ?

— Je suis très las de tuer, lui dis-je.

— Alors... ?

— Mais j'ai commencé tout ceci, poursuivis-je. Parfois, je me demande si vraiment je mène mes hommes — ou s'ils me poussent devant eux. Peut-être ne suis-je que leur créature, façonnée de toutes pièces par la volonté de l'Humanité. Je ne suis peut-être qu'un héros qu'ils ont fabriqué de bric et de broc. Peut-être n'ai-je pas d'autre existence, disparaîtrai-je, ma tâche accomplie, dès qu'ils n'auront plus peur du danger...

— Je ne crois pas, dit sobrement Arjavh.

Je haussai les épaules. « Vous n'êtes pas moi. Vous n'avez pas fait les rêves étranges que j'ai faits...

— Vous en faites encore ? demanda Ermizhad.

— Pas ces derniers temps. Depuis que j'ai entrepris cette campagne, ils ont disparu. Ils ne me tourmentent que quand j'essaie de réaffirmer ma propre individualité. Quand je fais ce qu'on attend de moi, ils me laissent en paix. Vous voyez, je suis un fantôme. Rien d'autre.

Arjavh soupira. « Je ne comprends pas cela. Je crois que vous vous apitoyez trop sur vous-même, Erekosë. Vous pourriez imposer votre volonté propre — mais vous avez *peur* de le faire ! Alors, vous vous laissez aller à la haine et au carnage, à cette étrange mélancolie qui est la vôtre. Vous êtes abattu parce que vous ne faites *pas* ce que vous désirez réellement faire. Les rêves reviendront, Erekosë. Notez bien ce que je dis — les rêves reviendront et ils seront plus affreux que tous ceux que vous avez déjà vécus.

— Arrêtez ! criai-je. Ne gâchez pas notre dernière réunion. Je suis venu ici parce que…

— Parce que ? » Arjavh leva un sourcil fin.

— Parce que j'avais besoin de compagnie civilisée…

— Pour voir ceux de votre espèce, dit doucement Ermizhad.

Je me tournai vers elle en me levant de table. « Vous n'êtes pas de mon espèce ! Ma race est là dehors, derrière ces murs, et elle attend de vous vaincre !

— Nous sommes parents en esprit, dit Arjavh. Nos liens sont plus subtils et plus forts que les liens du sang…

Mon visage se tordit et je le couvris de mes mains. « Non ! »

Arjavh mit la main sur mon épaule. « Vous êtes plus réel que vous ne voulez le croire, Erekosë. Il vous faudrait une bonne dose d'un genre particulier de courage pour suivre une nouvelle ligne d'action, avec tout ce qu'elle impliquerait… »

Je laissai retomber mes mains. « Vous avez raison, lui dis-je. Et je ne possède pas ce courage. Je ne suis rien qu'une épée. Une force, comme une tornade. Je ne suis rien d'autre — rien d'autre que je m'autorise à être. Qu'on m'autorise à être… »

Ermizhad m'interrompit violemment. « Pour votre propre bien, vous devez donner les rênes à cette autre personnalité. Oubliez ce serment fait à Iolinda. Vous ne l'aimez pas. Vous n'avez rien de commun avec la racaille assoiffée de sang qui vous suit. Vous êtes plus grand que tous ceux que vous conduisez — plus grand que tous ceux que vous combattez…

— Assez !

— Elle dit vrai, Erekosë, dit Arjavh. Ce n'est pas pour sauver *nos* vies que nous discutons. C'est pour sauver *votre* âme…

Je m'effondrai dans mon siège. « Je voulais éviter la confusion, dis-je, en adoptant une ligne de conduite simple. Vous avez raison de dire que je ne me sens aucune parenté avec ceux dont je suis le chef — ou qui me poussent devant eux — mais on ne peut nier qu'ils *sont* ma race. Mon devoir...

— Laissez-les se débrouiller comme ils l'entendront, dit Ermizhad. Vous n'avez pas de devoir envers eux. Votre devoir est envers vous-même.

Je bus un peu de vin. Puis, à voix basse, je dis : « J'ai peur. »

Arjavh secoua la tête. « Vous êtes brave. Ce n'est pas votre faute...

— Qui sait ? dis-je. Peut-être ai-je commis à une époque quelconque un crime monstrueux. J'en paie maintenant le prix.

— Voilà une spéculation qui relève de l'auto-apitoiement, me rappela Arjavh. Ce n'est pas... ce n'est pas... digne d'un homme, Erekosë.

J'inspirai profondément. « J'imagine que non. » Puis je le regardai. « Mais si le temps est cyclique — d'une certaine façon, au moins — il se peut que je n'aie pas encore commis ce crime...

— Il est oiseux de parler de « crime » en ce sens, dit Ermizhad avec impatience. Qu'est-ce que votre cœur vous dit de faire ?

— Mon cœur ? Il y a plusieurs mois que je ne l'ai pas écouté.

— Alors, écoutez-le maintenant ! dit-elle.

Je fis non de la tête. « J'ai oublié comment l'écouter, Ermizhad. Je dois finir ce que j'ai entamé. Ce pour quoi on m'a appelé ici...

— Etes-vous sûr que ce soit le Roi Rigenos qui vous ait appelé ?

— Et qui d'autre ?

Arjavh sourit. « Voilà encore une conjecture oiseuse. Vous devez faire ce que vous devez faire, Erekosë. Je ne plaiderai pas plus longtemps pour mon peuple.

— Je vous en remercie », dis-je. Je me redressai, titubai légèrement et plissai les yeux. « Dieux ! Je suis si *las* !

— Restez ici cette nuit et reposez-vous, dit Ermizhad d'une voix douce. Reposez-vous avec moi...

Je la regardai.

— Avec moi, dit-elle.

Arjavh s'apprêta à parler, se ravisa et sortit.

Je pris alors conscience que je ne désirais rien d'autre que ce que suggérait Ermizhad ; mais je fis un signe de dénégation. « Ce serait de la faiblesse...

— Non, dit-elle. Cela vous donnerait de la force. Cela vous permettrait de prendre une décision plus nette...

— J'ai déjà pris ma décision. Par ailleurs, mon serment à Iolinda...

— Vous avez prêté serment de fidélité...

J'écartai les mains en signe d'impuissance. « Je n'arrive pas à m'en souvenir. »

Elle s'approcha de moi et me caressa le visage. « Peut-être que cela mettrait fin à quelque chose, insinua-t-elle. Peut-être que cela restaurerait votre amour pour Iolinda... »

J'avais maintenant l'impression d'être saisi d'une douleur physique. Je me demandai même un instant s'ils ne m'avaient pas empoisonné. « Non.

— Cela vous aiderait, dit-elle. Je sais que cela vous aiderait. Comment, je n'en suis pas sûre. Je ne sais même pas si cela convient à mes propres désirs, mais...

— Je ne *peux pas* faiblir maintenant, Ermizhad.

— Erekosë, ce ne serait *pas* de la faiblesse !

— Néanmoins...

Elle s'écarta de moi et déclara d'une voix douce et étrange : « Alors, restez au moins ici cette nuit. Dormez dans un bon lit pour être en forme pour la bataille de demain. Je vous aime, Erekosë. Je vous aime plus que tout au monde. Je vous aiderai quelle que soit la ligne de conduite que vous choisirez.

— Mon choix est déjà fait, lui rappelai-je. Et là, vous ne pouvez pas m'aider. » La tête me tournait. Je ne voulais pas retourner à mon camp dans cet état, car ils penseraient qu'on m'avait drogué et perdraient toute confiance en moi. Mieux valait rester ici cette nuit et retrouver mes troupes rafraîchi. « Très bien, je passerai la nuit ici, dis-je. Seul.

— Comme vous voulez, Erekosë. » Elle se dirigea vers la porte. « Un serviteur viendra vous montrer où vous coucherez.

— Je dormirai dans cette pièce », lui dis-je. « Faites apporter un lit.

— Comme vous voulez.

— Ce sera bon de dormir dans un vrai lit, dis-je. J'aurai les idées plus nettes au matin.

— Je l'espère. Bonne nuit, Erekosë.

Avaient-ils su que les rêves reviendraient cette nuit-là ? Etais-je victime de l'immense et subtile astuce dont seuls étaient doués les Xénans inhumains ?

Couché sur mon lit dans la place forte xénanne, je rêvai.

Mais ce ne fut pas un rêve où je cherchais à découvrir mon vrai nom. Je n'avais pas de nom dans ce rêve. Je ne voulais pas d'un nom.

J'observais le monde qui tournait et je voyais ses habitants courir en tous sens à sa surface, comme des fourmis sur une fourmilière, comme des scarabées sur un tas de fumier. Je les voyais se battre et détruire, faire la paix et construire — pour abattre à nouveau ces constructions par une nouvelle et inévitable guerre. Et il me semblait que ces créatures ne s'étaient éloignées de la condition animale que jusqu'à un certain point et que quelque caprice du destin les condamnait à répéter les mêmes erreurs, encore et toujours. Et je me rendis compte qu'il n'y avait aucun espoir pour elles — pour ces créatures imparfaites à mi-chemin entre les bêtes et les dieux —, que c'était leur sort, comme le mien, de lutter toujours et d'échouer toujours à trouver l'accomplissement. Les paradoxes qui étaient en moi étaient dans toute la race. Les problèmes auxquels je ne parvenais pas à trouver de solution n'avaient effectivement aucune solu-

tion. Il était inutile de chercher une réponse ; le seul choix était d'accepter ce qui existait, ou de le rejeter, comme on voulait. Ce serait toujours pareil. Oh, bien des choses poussaient à aimer ces êtres, et rien à les haïr. Comment pouvait-on les haïr, quand leurs erreurs résultaient de ce caprice du sort qui en avait fait les demi-créatures qu'elles étaient — à demi aveugles, à demi sourdes, à demi muettes...

Je me réveillai très calme. Et puis, peu à peu, un sentiment de terreur s'empara de moi alors que m'apparaissaient les implications de mes songes.

Les Xénans m'avaient-ils envoyé ce rêve — grâce à leur sorcellerie ?

Je ne le pensais pas. Ce rêve était celui que mes autres rêves avaient cherché à me dissimuler. J'en étais certain. C'était la vérité toute crue.

Et la vérité toute crue m'horrifia.

Ce n'était pas mon destin de faire éternellement la guerre — c'était le destin de toute ma race. Comme j'appartenais à cette race — mieux : comme je la représentais —, je devais, moi aussi, faire éternellement la guerre.

Et c'était ce que je voulais éviter. L'idée de me battre toujours, partout où l'on me le demandait, m'était insupportable. Et pourtant, tous mes efforts pour briser ce cercle seraient inutiles. Il n'y avait qu'une seule chose à faire...

Je refoulai cette idée.

Mais quoi d'autre ?

Tâcher d'obtenir la paix ? Voir si cela marcherait ? Laisser vivre les Xénans ?

Arjavh avait exprimé son impatience devant les spéculations oiseuses. Mais ceci aussi était une spéculation oiseuse. La race humaine avait juré d'exterminer les Xénans. Après quoi, bien sûr, elle se retournerait contre elle-même et reprendrait ses perpétuelles querelles, ses guerres incessantes auxquelles l'astreignait sa singulière destinée.

Ne devrais-je pas au moins essayer de trouver un compromis ?

Ou devais-je aller jusqu'au bout de mon ambition initiale, détruire les Xénans, laisser la race reprendre son jeu fratricide ? En un sens, il me semblait que, tant qu'il restait quelques Xénans en vie, ma race demeurait unie. En présence de l'ennemi commun, une espèce d'unité régnerait au moins dans les royaumes humains. Il m'apparut vital d'épargner quelques Xénans — pour le bien de l'humanité.

Je me rendis soudain compte qu'il n'y avait aucun conflit de loyauté en moi. Ce que j'avais cru contradictoire se ramenait aux deux moitiés d'un même tout. Le rêve m'avait simplement aidé à les réunir et à voir l'ensemble clairement.

Ce n'était peut-être qu'un exercice compliqué de rationalisation. Je n'en saurai jamais rien. J'ai l'impression que j'avais raison, même si la suite a pu démontrer que je me trompais. Au moins, j'avais essayé...

Je me redressai dans mon lit quand un serviteur entra avec de l'eau pour ma toilette et avec mes vêtements blanchis de frais. Je me lavai, m'habillai et, quand on frappa à ma porte, invitai le visiteur à entrer.

C'était Ermizhad. Elle m'apportait mon petit déjeuner, qu'elle posa sur la table. Je la remerciai et elle me regarda curieusement.

— Vous semblez avoir changé depuis hier soir, dit-elle. Vous paraissez plus en accord avec vous-même.

— Je crois que c'est le cas, lui dis-je tout en mangeant. J'ai fait un nouveau rêve cette nuit...

— Etait-il aussi effrayant que les autres ?

— Plus effrayant par certains aspects, dis-je. Mais cette fois, il ne soulevait pas de problèmes. Il m'a offert une solution.

— Vous avez l'impression de pouvoir mieux vous battre...

— Si vous voulez. Je pense qu'il serait de l'intérêt de ma race que nous fassions la paix avec les Xénans. Ou qu'au moins nous déclarions une trêve permanente...

— Vous avez enfin compris que nous ne présentons aucun danger pour vous.

— Au contraire, c'est justement le danger que vous présentez qui rend *votre* survie nécessaire à ma race. » Je souris en me remémorant un vieil aphorisme entendu quelque part. « Si vous n'existiez pas, il faudrait vous inventer. »

Une expression sagace éclaira son visage. Elle sourit à son tour. « Je crois que je vous comprends.

— J'ai l'intention de présenter cette conclusion à la Reine Iolinda, dis-je. J'espère la persuader que nous avons intérêt à cesser cette guerre contre les Xénans.

Et quelles seront vos conditions ?

Je ne vois pas la nécessité de vous imposer des conditions, dis-je. Nous nous arrêterons tout bonnement de nous battre et partirons.

Elle rit. « Ce sera si simple ? »

Je la regardai dans les yeux, réfléchis un instant, puis fis non de la tête. « Peut-être pas. Mais il faut que j'essaie.

— Vous êtes soudain devenu très raisonnable, Erekosë. J'en suis heureuse. La nuit passée ici vous a donc fait du bien...

— Et les Xénans aussi, peut-être...

Elle sourit à nouveau. « Peut-être.

— Je vais retourner à Nécranal aussi vite que possible pour parler à Iolinda.

— Et si elle est d'accord, vous l'épouserez ?

Je me sentis sans force tout à coup. Enfin, je dis : « Je dois le faire. Si je ne le faisais pas, rien n'aurait servi à rien. Vous comprenez ?

— Parfaitement, dit-elle en souriant, les yeux brillants de larmes.

Arjavh apparut quelques minutes plus tard et je lui dis ce que j'avais l'intention de faire. Il accueillit la nouvelle avec plus de scepticisme qu'Ermizhad.

— Vous croyez que je ne pense pas ce que je dis ? lui demandai-je.

Il haussa les épaules. « Je vous crois absolument, Erekosë. Mais je ne crois pas que les Xénans survivront.

— De quoi s'agit-il ? D'une maladie ? Quelque chose en vous qui… ?

Il eut un rire bref. « Non, non. Je crois que vous proposerez une trêve et que les gens ne vous la laisseront pas faire. Votre race ne sera satisfaite que quand tous les Xénans auront péri. Vous disiez que c'est leur destin de toujours se battre. Pourquoi n'en voudraient-ils pas aux Xénans parce que ceux-ci les empêchent de vaquer à leurs activités normales — j'entends par là se battre entre eux ? Et si les événements présents n'étaient qu'une pause, leur permettant de nous balayer ? S'ils ne nous balaient pas maintenant, ils le feront très bientôt, que vous soyez à leur tête ou non.

— Cependant, je dois essayer… dis-je.

— Faites donc. Mais ils vous obligeront à respecter votre vœu, j'en suis certain.

— Iolinda est intelligente. Si elle écoute mes arguments…

— Elle est l'une d'entre eux. Je doute qu'elle accepte de vous écouter. L'intelligence n'a pas grand-chose à voir là-dedans… Hier soir, quand j'ai plaidé ma cause auprès de vous, je n'étais pas moi-même… j'ai perdu la tête, je sais, en réalité, qu'il ne peut y avoir de paix.

— Je dois essayer.

— J'espère que vous réussirez.

Peut-être m'étais-je laissé séduire par les enchantements des Xénans, mais je ne le pensais pas. Je ferais de mon mieux pour ramener la paix sur la terre dévastée de Mernadin, même si cela signifiait que je ne pourrais jamais revoir mes amis xénans — que je ne reverrais jamais Ermizhad…

J'écartai cette pensée de mon esprit et résolus de ne plus y revenir.

Puis un serviteur entra. Mon héraut, accompagné de

197

plusieurs maréchaux, dont le Comte Roldero, s'était présenté aux portes de Loos Ptokai, presque sûr que j'avais été assassiné par les Xénans.

— Ils ne seront rassurés que s'ils vous voient », murmura Arjavh. J'acquiesçai et quittai la pièce.

En approchant du mur d'enceinte de la cité, j'entendis s'élever la voix du héraut. « Nous craignons que vous ne vous soyez rendus coupables d'une grande trahison. Laissez-nous voir notre maître — ou son cadavre. » Il s'interrompit un instant. « Alors nous saurons ce que nous avons à faire. »

Je montai avec Arjavh les marches qui menaient aux remparts, et je vis du soulagement dans le regard du héraut quand il observa que j'étais indemne.

— J'ai parlé avec le prince Arjavh, dis-je. Et j'ai beaucoup réfléchi. Nos hommes sont exténués, ils n'en peuvent mais ; et les Xénans ne sont plus qu'une poignée, ils n'ont plus que cette seule cité. Nous pourrions prendre Loos Ptokai, mais je n'en vois pas l'intérêt. Soyons des vainqueurs généreux, mes maréchaux. Déclarons une trêve...

— Une trêve, Seigneur Erekosë ! » Le Comte Roldero ouvrit de grands yeux. « Nous priveriez-vous de notre récompense ultime ? De notre dernier et farouche accomplissement ? De notre plus grand triomphe ? *La paix !*

— Oui, dis-je, la paix. Maintenant, repartez. Dites à nos guerriers que je suis sauf.

— Nous pouvons facilement prendre cette cité, Erekosë, cria Roldero. Pas besoin de parler de paix. Nous pouvons anéantir les Xénans une fois pour toutes. Avez-vous à nouveau succombé à leurs maudits enchantements ? Vous ont-ils enjôlé une fois de plus avec leurs mots doux ?

— Non, dis-je, c'est mon idée.

Dégoûté, Roldero fit pivoter son cheval.

— La paix ! cracha-t-il en reprenant avec ses camarades le chemin du camp. Notre Champion est devenu fou !

Arjavh se passa un doigt sur les lèvres. « Je vois qu'il y a déjà des problèmes.

— Ils me craignent, lui dis-je, et ils m'obéiront. Ils m'obéiront — au moins pour un temps.

— Espérons-le, dit-il.

24

LA SÉPARATION

CETTE fois, il n'y avait pas de foule en liesse à Nécranal pour m'accueillir, car la nouvelle de ma mission m'avait précédé. Les gens avaient du mal à y croire, mais quand ils y croyaient, ils désapprouvaient. A leurs yeux, j'avais fait preuve de faiblesse.

Je n'avais pas vu Iolinda, bien sûr, depuis qu'elle était devenue Reine. La mine hautaine, elle arpentait à grands pas la salle du trône en m'attendant.

Secrètement, je fus un peu amusé. Je me faisais l'effet de l'ancien soupirant repoussé qui revient et trouve l'objet de sa passion marié avec un autre et transformé en mégère. J'en fus quelque peu soulagé...

C'était un tout petit soulagement.

— Eh bien, Erekosë, dit-elle, je sais pourquoi tu es ici — abandonnant nos troupes et trahissant ta promesse d'exterminer tous les Xénans. Katorn m'a raconté.

— Katorn est ici ?

— Il est venu dès qu'il a entendu la proclamation que tu as faite sur les remparts de Loos Ptokai avec tes amis xénans.

— Iolinda, dis-je d'un ton pressant. Je suis convaincu que les Xénans sont las de se battre. Qu'ils n'ont absolument jamais eu l'intention de menacer les Deux Continents. Ils ne veulent que la paix.

— Nous aurons la paix, effectivement. Quand la race xénanne aura péri !

— Iolinda, si tu m'aimes, au moins, écoute-moi.

200

— Quoi ? Si je t'aime, *moi* ? Et le Seigneur Erekosë ? Aime-t-il encore sa Reine ?

J'ouvris la bouche, mais ne pus parler.

Et soudain ses yeux s'emplirent de larmes. « Oh, Erekosë... » Son ton s'adoucit. « Cela peut-il être vrai ?

— Non, dis-je d'une voix embarrassée. Je t'aime toujours, Iolinda. Nous devons nous marier...

Mais elle savait. Elle avait eu des soupçons, mais à présent elle savait. Malgré tout, si j'avais la moindre chance d'aboutir à la paix, j'étais toujours prêt à faire semblant, à mentir, à lui déclarer ma flamme, à l'épouser...

— Je veux toujours t'épouser, Iolinda, dis-je.

— Non, dit-elle. Non. Ce n'est pas vrai.

— Je le veux, dis-je au désespoir. Si la paix avec les Xénans se fait...

A nouveau, ses grands yeux flamboyèrent. « Vous m'insultez, mon seigneur. Pas à ces conditions, Erekosë. Jamais. Vous êtes coupable de Haute Trahison contre nous. Le peuple parle déjà de vous comme d'un traître.

— Mais j'ai conquis un continent pour lui. J'ai pris Mernadin.

— Sauf Loos Ptokai — où cette chienne xénanne lubrique vous attend.

— Iolinda ! Ce n'est pas vrai !

Mais c'était vrai.

— Tu es injuste... commençai-je.

— Et vous êtes un traître ! Gardes !

Comme s'ils s'étaient tenus prêts pour cet instant, une douzaine de Gardes Impériaux se précipitèrent dans la salle, menés par leur Capitaine, le Seigneur Katorn. Il avait une lueur de triomphe dans les yeux et je sus brusquement pourquoi il m'avait toujours détesté. Il désirait Iolinda.

Je sus aussi qu'il me tuerait sur place, que je dégaine mon épée ou non.

Je dégainai donc mon épée. L'Epée Kanajana. Elle

avait un éclat incandescent qui se refléta dans les yeux noirs de Katorn.

— Emparez-vous de lui, Katorn ! » s'écria Iolinda. Et sa voix était un cri de souffrance. Je l'avais trahie. Je n'avais pas été la force sur laquelle elle comptait si désespérément. « Emparez-vous de lui. Mort ou vif. C'est un traître à sa race ! »

J'étais un traître à elle-même. C'est ce qu'elle voulait dire en réalité. Voilà pourquoi je devais mourir.

J'espérais encore sauver quelque chose. « C'est faux... » commençai-je. Mais Katorn s'avançait déjà prudemment, et ses hommes se déployaient derrière lui. Je m'adossai à un mur, près d'une fenêtre. La salle du trône était au premier étage du palais. Dehors s'étendaient les jardins privés de la Reine. « Réfléchis, Iolinda, dis-je. Retire ton ordre. Tu es guidée par la jalousie. Je ne suis pas un traître.

— *Tuez-le, Katorn !*

Mais ce fut moi qui tuai Katorn. Alors qu'il se jetait sur moi, ma lame effleura son visage défiguré par la haine. Il cria, chancela, porta les mains à sa tête, puis vacilla dans son armure dorée et s'écroula sur le dallage à grand bruit.

C'était le premier humain que je devais tuer.

Les autres gardes s'avancèrent, mais plus précautionneusement. Je repoussai leurs épées, en tuai quelques-uns, obligeai les autres à reculer, aperçus la Reine Iolinda qui m'observait, les yeux pleins de larmes, et bondis sur l'appui de la fenêtre.

— Adieu, Reine. Vous avez maintenant perdu votre Champion.

Je sautai.

J'atterris dans un buisson de roses qui me déchira la peau, me dégageai et courus rapidement vers la porte du jardin, les gardes à mes trousses.

Je fis sauter la porte de ses gonds, descendis la colline à toute allure et me précipitai dans les rues sinueuses de Nécranal ; les gardes couraient derrière moi et leurs

202

rangs se grossirent d'une meute hurlante de citoyens ignorant totalement pourquoi j'étais recherché ou même qui j'étais. Ils me poursuivaient par pur plaisir de la chasse.

C'était donc ainsi que tournaient les choses. Le chagrin et la jalousie avaient obscurci l'esprit de Iolinda. Et sa décision causerait bientôt plus de carnages qu'elle-même n'en avait exigé.

En attendant, je courus, d'abord à l'aveuglette, puis en me dirigeant vers le fleuve. Mon seul espoir, c'était mon équipage. S'il me restait fidèle, j'avais une petite chance de m'échapper. J'atteignis le navire juste avant mes poursuivants. Je bondis à bord en hurlant :

— Paré à appareiller !

Seule une moitié de l'équipage était à bord. Le reste était à terre, dans les tavernes, mais ceux qui étaient là sortirent les rames en hâte pendant que nous tenions en respect les gardes et les citoyens.

Le bateau s'écarta du quai et entama une fuite précipitée en descendant le cours de la Droona.

Ils n'allaient pas trouver tout de suite un navire à réquisitionner pour nous poursuivre, et à ce moment-là nous aurions une confortable avance. Mon équipage ne posa pas de questions. Il était habitué à mes silences, à mes initiatives parfois bizarres. Mais, une semaine après que nous eûmes pris la mer à destination de Mernadin, je leur dis en peu de mots que j'étais devenu un hors-la-loi.

— Pourquoi, Seigneur Erekosë ? demanda mon Capitaine. Cela a l'air injuste…

— C'est injuste, à mon avis. Appelez cela la rancune de la Reine. Je soupçonne Katorn de m'avoir desservi et de l'avoir amenée à me haïr.

Ils se contentèrent de cette explication et, à l'occasion d'une relâche dans une petite anse près des Plaines de Glace Fondante, je leur fis mes adieux, enfourchai mon cheval et me mis rapidement en route pour Loos Ptokai, sans savoir ce que je ferais une fois là-bas. Je savais seulement que je devais informer Arjavh sur le tour qu'avaient pris les événements.

Nous ne nous étions pas trompés. L'Humanité ne me laissait pas le droit de miséricorde.

Mes hommes m'avaient dit adieu en témoignant une certaine affection. Ils ignoraient comme moi qu'ils allaient bientôt mourir à cause de moi.

J'arrivai subrepticement devant Loos Ptokai. Je traversai discrètement le camp que nous avions construit pour le siège et, la nuit venue, pénétrai dans la cité des Xénans.

Arjavh sortit de son lit en apprenant que j'étais de retour.

— Eh bien, Erekosë ? » Il me regarda d'un œil pénétrant. Puis il dit : « Vous avez échoué, n'est-ce pas ? Vous avez chevauché sans répit et vous vous êtes battu. Que s'est-il passé ?

Je lui racontai.

Il soupira. « Eh bien, nos conseils étaient ridicules. Maintenant, vous mourrez quand nous mourrons.

— Je crois que je préfère cela, dis-je.

Deux mois passèrent. Deux sinistres mois à Loos Ptokai. L'Humanité n'attaqua pas la cité tout de suite et il apparut vite qu'elle attendait des ordres de la Reine Iolinda. Elle avait, semblait-il, du mal à prendre une décision.

L'inaction en elle-même était oppressante.

Souvent, sur les remparts, je rongeais mon frein en contemplant le grand camp, souhaitant que la bataille commence et que tout soit fini. Seule Ermizhad soulageait ma morosité. Désormais notre amour s'avouait ouvertement.

Et comme je l'aimais, je me pris à vouloir la sauver.

Je voulais la sauver et je voulais me sauver moi-même, et je voulais sauver tous les Xénans de Loos Ptokai, car je voulais rester toujours avec Ermizhad. Je ne voulais pas être tué.

Désespérément, j'essayais de réfléchir aux moyens de défaire cette grande armée, mais tous les plans que j'échafaudais étaient insensés et sans espoir.

Et puis, un jour, je me souvins.

Je me souvins d'une conversation que j'avais eue avec Arjavh sur le plateau, après qu'il m'eut vaincu au combat.

Je partis à sa recherche et le trouvai dans son bureau. Il lisait.

— Erekosë ? Est-ce qu'ils attaquent ?

— Non, Arjavh. Mais je me rappelle qu'un jour vous m'avez parlé de certaines armes anciennes qu'avait eues votre race — et que vous avez toujours.

— Quoi... ?

— Ces terrifiantes armes d'autrefois, dis-je. Celles que vous avez juré de ne plus jamais utiliser à cause de leur puissance de destruction !

Il secouait la tête. « Pas celles-là...

— Servez-vous-en cette fois, Arjavh, le suppliai-je. Montrez votre force, c'est tout. Ils seront alors prêts à discuter de paix.

Il referma son livre. « Non. Ils ne discuteront jamais de paix avec nous. Ils préfèrent mourir. De toute façon, je ne pense pas que même la situation actuelle mérite de rompre cet ancien vœu.

— Arjavh, dis-je, je respecte les raisons pour lesquelles vous refusez d'utiliser ces armes. Mais j'en suis venu à aimer les Xénans. J'ai déjà rompu un vœu. Laissez-moi en rompre un autre — pour vous.

Il secouait toujours la tête.

— Alors, accordez-moi ceci, dis-je. S'il vient un temps où je penserai qu'elles pourraient nous servir, acceptez-vous d'avance de me laisser décider — de vous en retirer le choix ? De m'en laisser la responsabilité ?

Il me jeta un regard pénétrant. Les yeux sans globes semblaient me transpercer.

— Peut-être, dit-il.

— Arjavh — le ferez-vous ?

— Nous autres Xénans n'avons jamais été animés par le même narcissisme que vous, les humains —

205

pas au point d'anéantir une autre race, Erekosë. Ne confondez pas nos valeurs avec celles de l'Humanité.

— Je ne les confonds pas, répondis-je. C'est pourquoi je vous présente cette demande. Je ne pourrais supporter de voir votre noble race périr des mains de bêtes comme celles qui se trouvent au-delà de ces murs !

Arjavh se leva et replaça le livre sur une étagère. « Iolinda a dit vrai, dit-il doucement. Vous êtes un traître à votre propre race.

— Le terme de race ne signifie rien. C'est vous et Ermizhad qui m'avez dit d'être un individu. J'ai choisi où irait ma loyauté.

Il fit la moue. « Eh bien…

— Je cherche seulement à arrêter leur folie, dis-je.

Il serra ses fines mains pâles.

— Arjavh. Je vous demande cela au nom de l'amour que j'ai pour Ermizhad et de l'amour qu'elle me porte. Au nom de la grande amitié que vous m'avez donnée. Pour tous les Xénans encore vivants, je vous supplie de me laisser prendre cette décision s'il le faut.

— Pour Ermizhad ? » Ses sourcils tombants se relevèrent. « Pour vous ? Pour moi ? Pour mon peuple ? Pas par vengeance ?

— Non, dis-je doucement. Je ne crois pas.

— Très bien. Je vous abandonne la décision. Je suppose que c'est juste. Je ne veux pas mourir. Mais souvenez-vous — n'agissez pas de façon aussi malavisée que certains de votre race.

— Je ne le ferai pas, promis-je.

Je pense avoir tenu ma promesse.

25

L'ATTAQUE

Et les jours passèrent, et le temps refroidit, et l'hiver s'annonça. Avec le début de l'hiver, nous serions en sécurité jusqu'au printemps, car ce serait folie de la part des envahisseurs d'entamer un siège lourd en cette saison.

Il semble qu'ils le comprirent aussi. Iolinda devait être parvenue à une décision. Elle leur permit d'attaquer Loos Ptokai.

Après de longues querelles, me dit-on, les maréchaux choisirent l'un d'entre eux, le plus expérimenté, pour être leur Champion de Guerre.

Ils choisirent le Comte Roldero.

Le siège commença pour de bon.

Leurs grosses machines de guerre furent poussées vers les remparts, y compris les canons géants appelés Dragons de Feu : de grandes choses de fer noires, ornées de farouches figures en relief.

Roldero s'avança à cheval, son héraut l'annonça et je montai aux remparts pour lui parler.

— Salut, Erekosë le Traître ! cria-t-il. Nous avons décidé de vous punir — ainsi que tous les Xénans qui se trouvent dans ces murs. Nous voulions tuer les Xénans proprement, mais maintenant nous avons l'intention de faire mourir de mort lente tous ceux que nous capturerons.

Je fus atterré.

— Roldero, Roldero, suppliai-je. Nous étions amis

207

autrefois. Vous êtes peut-être le seul ami véritable que j'aie eu. Nous avons bu ensemble, combattu ensemble, plaisanté ensemble. Nous étions des camarades, Roldero. De bons camarades.

Son cheval s'agita, grattant la terre du sabot.

— Il y a une éternité de cela, dit-il sans me regarder. Une éternité.

— A peine plus d'un an, Roldero...

— Mais nous ne sommes plus les deux amis que nous étions, Erekosë. » Il leva le regard vers moi en se protégeant les yeux de sa main gantée. Je vis que son visage avait vieilli et portait de nombreuses cicatrices. Sans doute avais-je l'air tout aussi changé, à ma façon. « Nous ne sommes plus les mêmes hommes », dit Roldero, et, tournant violemment les rênes, il fit prendre à son cheval le chemin du retour en lui enfonçant sauvagement ses éperons dans les flancs.

Il n'y avait plus rien à faire que de se battre.

Les Dragons de Feu tonnèrent et leurs lourds projectiles claquèrent contre les murs. Les boules de feu des pièces d'artillerie prises aux Xénans passèrent en hurlant par-dessus les enceintes et s'écrasèrent dans les rues. Puis des milliers de flèches tombèrent en une pluie noire.

Un million d'hommes enfin se lancèrent sur notre poignée de défenseurs.

Nous répondîmes avec les canons que nous avions, mais nous comptions surtout sur les archers pour faire face à cette première vague, car nous avions peu de projectiles.

Et nous les repoussâmes, après dix heures de combat. Ils se replièrent.

Le lendemain et le surlendemain, ils poursuivirent leurs attaques. Mais Loos Ptokai, l'ancienne capitale de Mernadin, Loos Ptokai tint bon durant ces premiers jours.

Un bataillon après l'autre, des guerriers hurlants gravissaient les tours de siège et nous répliquions par des flèches, du métal en fusion et, parcimonieusement, par les canons xénans qui vomissaient le feu. Arjavh et moi, à la tête des défenseurs, nous battions bravement, et, chaque fois qu'ils me voyaient, les guerriers de l'Humanité hurlaient leur soif de vengeance et mouraient pour avoir le privilège de me tuer.

Arjavh et moi combattions côte à côte comme des frères, mais nos guerriers xénans se fatiguaient et, après une semaine de combat de barrage, nous commencions à comprendre que nous ne pourrions contenir beaucoup plus longtemps cette marée d'acier.

Ce soir-là, nous étions restés ensemble après qu'Ermizhad était allée se coucher. Nous massions nos muscles endoloris et parlions peu.

Puis je dis : « Nous serons bientôt tous morts, Arjavh. Vous et moi. Ermizhad. Ce qui reste de votre peuple. »

Il continua à se pétrir l'épaule du bout des doigts, la massant pour la décontracter. « Oui, dit-il. Bientôt. »

Je voulais qu'il aborde le sujet qui me brûlait les lèvres, mais il s'en garda bien.

Le lendemain, sentant notre défaite proche, les guerriers de l'Humanité nous attaquèrent avec plus de vigueur que jamais. Les Dragons de Feu furent encore rapprochés et se mirent à bombarder régulièrement les portes principales.

Je vis Roldero diriger l'opération sur son grand cheval noir, et je compris à son allure qu'il était sûr de briser nos défenses ce même jour.

Je me tournai vers Arjavh, qui se tenait à côté de moi sur l'enceinte, et me préparais à parler quand plusieurs Dragons de Feu tonnèrent à l'unisson. Le métal noir eut une secousse, les projectiles jaillirent en hurlant des bouches à feu, heurtèrent les grandes portes métalliques, et fendirent celle de gauche par le milieu. Elle ne tomba pas, mais le coup l'avait affaiblie au point qu'une seule canonnade supplémentaire l'abattrait complètement.

— Arjavh ! criai-je. Nous devons sortir les anciennes armes de leur cachette. Il faut armer les Xénans !

Son visage était pâle, mais il fit un signe négatif.

209

— Arjavh ! Il le faut ! Encore une heure et nous devrons abandonner ces remparts ! Encore trois et nous serons complètement écrasés ! » Il regarda l'endroit d'où Roldero dirigeait ses canonniers et cette fois il ne protesta pas. Il hocha la tête. « Très bien. J'ai accepté que ce soit vous qui décidiez. Venez. »

Il me précéda dans les escaliers.

J'espérais seulement qu'il n'avait pas surestimé la puissance de ces armes.

Il m'emmena dans les souterrains au plus profond de la cité. Je le suivis dans des couloirs nus de marbre noir poli, éclairés par de petites ampoules qui brûlaient avec une lumière verdâtre. Il s'arrêta devant une porte de métal sombre et appuya sur un clou à grosse tête qui se trouvait sur le côté. La porte s'ouvrit sur un ascenseur qui nous emporta encore plus bas.

Je fus étonné par les Xénans une fois de plus. Ils avaient volontairement abandonné toutes ces merveilles au nom de quelque étrange conception de la justice.

Puis nous entrâmes dans une grande salle à moitié remplie de machines aux formes bizarres, qui avaient l'air d'avoir été fabriquées tout récemment. Elles s'alignaient devant nous sur près d'un demi-mille.

— Voici les armes, dit Arjavh d'une voix caverneuse.

Le long des murs étaient disposés des armes de poing de différents modèles, des fusils et des choses qui, pour John Daker, évoquaient d'antiques armes antichars. Il y avait des véhicules à chenilles surbaissés qui faisaient penser à des tanks ultra-profilés, avec une cabine de verre et une couche où un homme seul pouvait s'étendre et manipuler les commandes. Je fus surpris de ne voir aucune machine volante — aucune en tout cas qui fût reconnaissable. J'en fis la remarque à Arjavh.

— Des machines volantes ? Ce serait intéressant si on pouvait inventer de telles choses. Mais je ne crois pas que ce soit possible. Dans toute notre histoire, nous n'avons jamais réussi à mettre au point une machine

210

qui reste en l'air, ne fût-ce qu'un instant, en toute sécurité.

Cette étrange lacune dans leur technologie me stupéfia, mais je ne m'appesantis pas sur le sujet.

— Maintenant que vous avez vu toutes ces figures de la brutalité, dit-il, avez-vous toujours envie de les utiliser ?

Il croyait sans doute que ces appareils ne m'étaient pas familiers. En fait, ils n'étaient pas très différents, dans leur apparence générale, des machines de guerre connues de John Daker. Et dans mes rêves, j'avais vu des armes bien plus étranges.

— Apprêtons-les, lui dis-je.

En revenant à la surface, nous donnâmes l'ordre à nos guerriers de remonter les armes.

Roldero avait fracassé une de nos portes et il avait fallu disposer des canons pour la défendre, mais les guerriers de l'Humanité tentaient de forcer le passage, et des combats au corps à corps se déroulaient aux abords des portes.

Le soir commençait à tomber. J'espérais qu'en dépit de son avantage l'armée humaine se replierait à la nuit, nous donnant ainsi le temps dont nous avions besoin. Par la brèche, je vis Roldero encourageant ses hommes à entrer. Il espérait manifestement exploiter son avantage avant la tombée de la nuit.

Je fis venir des hommes en renfort à la brèche.

Déjà je n'étais plus très sûr d'avoir fait le bon choix.

Peut-être Arjavh avait-il raison, peut-être était-ce un crime de déchaîner la puissance des armes anciennes. Et quand bien même, pensai-je, quelle importance ? Mieux valait détruire les hommes et avec eux la moitié de la planète, plutôt que les laisser détruire la beauté des Xénans.

Je ne pus m'empêcher de sourire de ma réaction. Arjavh ne l'aurait pas approuvée. Une telle pensée lui était étrangère.

Je vis que Roldero amenait des hommes en renfort pour contrer nos forces, et je sautai sur un cheval qui se trouvait là, le dirigeant d'un coup d'éperons vers la brèche cruciale.

Je dégainai mon épée empoisonnée, Kanajana, et poussai mon cri de guerre — le même cri de guerre qui, si peu de temps auparavant, avait entraîné au combat les guerriers que j'attaquais. Ils l'entendirent et, comme je m'en doutais, en furent déconcertés.

Je fis bondir ma monture par-dessus la tête de mes propres hommes et affrontai Roldero. Il me regarda avec étonnement et arrêta net son cheval.

— Voulez-vous vous battre, Roldero ? m'enquis-je.

Il haussa les épaules. « Oui. J'accepte le combat, traître. »

Et il se jeta sur moi, les rênes enroulées autour d'un bras, tenant à deux mains la garde de sa grande épée. Je baissai la tête et elle passa en sifflant au-dessus de moi.

Partout autour de nous, sous les murailles ruinées de Loos Ptokai, humains et Xénans se battaient avec acharnement dans la lumière déclinante.

Roldero était fatigué, plus fatigué que moi, mais il continuait à se battre vaillamment et je n'arrivais pas à percer sa garde. Son épée frappa mon heaume, je chancelai, ripostai et le frappai à mon tour en plein heaume. Mon couvre-chef resta en place, mais le sien fut à moitié arraché. D'une torsion, il l'enleva complètement et le jeta de côté. Ses cheveux étaient devenus entièrement blancs depuis que je l'avais vu tête nue pour la dernière fois.

Il avait le visage empourpré, les yeux brillants, les dents découvertes par un rictus. Il tenta de passer sa lame à travers ma visière, mais je baissai la tête pour éviter le coup, et il tomba en avant sur sa selle ; je remontai mon épée et la lui enfonçai dans le sternum.

Il gémit, puis son visage perdit toute expression de colère et il hoqueta : « Maintenant, Erekosë, nous pouvons à nouveau être amis... » Et il mourut.

Je le regardai tomber par-dessus l'encolure de son cheval. Je me rappelais son amabilité, le vin qu'il m'avait apporté pour m'aider à dormir, les conseils qu'il avait essayé de me donner. Et je me le rappelai poussant le Roi défunt hors de sa selle! Pourtant le Comte Roldero était un homme bon. Un homme bon que l'histoire avait obligé à faire le mal.

Son cheval noir se détourna et partit au petit galop vers le pavillon du Comte, au loin.

Je levai mon épée en signe de salut et criai aux humains qui continuaient à se battre : « Regardez, guerriers de l'Humanité! Regardez! Votre Champion de Guerre est défait! »

Le soleil se couchait.

Les guerriers commencèrent à se retirer, en me lançant des regards haineux tandis que je riais d'eux; mais ils n'osaient pas m'attaquer alors que j'avais dans la main l'Epée Kanajana couverte de sang.

L'un d'eux, pourtant, se retourna et s'adressa à moi.

— Nous ne sommes pas sans chef, Erekosë, si c'est ce que vous croyez. Nous avons la Reine pour nous lancer au combat. Elle est venue assister à votre ruine demain!

Iolinda chez les assiégeants!

Je réfléchis rapidement et criai : « Dis à ta maîtresse de venir demain devant nos murs. Qu'elle vienne à l'aube pour parlementer! »

Toute la nuit, l'armée travailla à consolider la porte et à mettre les nouvelles armes en place. On les installa partout où elles pouvaient l'être et les armes de poing furent distribuées aux soldats xénans.

Je me demandais si Iolinda recevrait le message et, dans ce cas, si elle daignerait venir.

Elle vint. Elle vint accompagnée de ses maréchaux survivants dans tout leur orgueilleux appareil guerrier. Comme celui-ci faisait piètre figure à présent, en face des anciennes armes xénannes!

Nous avions installé l'un des nouveaux canons la bouche pointée vers le ciel pour faire une démonstration de son effrayant potentiel.

La voix de Iolinda flotta jusqu'à nous.

213

— Salutations, Xénans — et salutation à votre mascotte humaine. Est-elle bien dressée, maintenant ?

— Salutations, Iolinda, dis-je en montrant mon visage. Vous commencez à montrer le même penchant que votre père pour les basses insultes. Ne perdons pas plus de temps.

— Je suis déjà en train de perdre mon temps, dit-elle. Nous allons vous exterminer tous aujourd'hui.

— Peut-être pas, dis-je. Car nous vous offrons une trêve — et la paix.

Iolinda éclata de rire. « C'est *vous* qui nous offrez la paix, traître ! Vous devriez nous supplier de faire la paix — ce que de toute façon nous ne ferons pas !

— Je vous préviens, Iolinda, criai-je désespérément. Je vous préviens tous. Nous avons de nouvelles armes. Des armes qui autrefois ont bien failli détruire la Terre entière ! Regardez bien !

Je donnai l'ordre de tirer le canon géant.

Un guerrier xénan pressa un bouton sur le tableau de commande.

Le canon se mit à vrombir et tout à coup un éclair aveuglant d'énergie dorée jaillit de sa gueule monstrueuse. La seule chaleur nous cloqua la peau et nous tombâmes en arrière en nous protégeant les yeux.

Les chevaux hennirent de terreur et se cabrèrent. Les maréchaux restaient bouche bée, le visage gris. Ils luttaient pour maîtriser leurs montures. Seule Iolinda se tenait ferme en selle, apparemment calme.

— Voilà ce que nous vous proposons si vous ne voulez pas la paix, criai-je. Nous en avons une douzaine comme celui-ci et il y en a d'autres un peu différents, mais tout aussi puissants. Nous avons aussi des armes individuelles qui peuvent tuer cent hommes d'un seul coup. Qu'en dites-vous, maintenant ?

Iolinda leva le visage et me regarda en face.

— Nous combattons, dit-elle.

— Iolinda, implorai-je. Pour notre ancien amour — pour votre bien — ne combattez pas. Nous ne vous ferons pas de mal. Vous pouvez tous rentrer chez vous et vivre en sécurité le reste de votre vie. Je le promets.

— En sécurité ! » Elle eut un rire amer. « En sécurité, alors que de telles armes existent !

— Vous devez me croire, Iolinda !

— Non, dit-elle. L'Humanité se battra jusqu'à la mort, et comme le Bienveillant nous soutient, nous ne doutons pas de gagner. Nous nous sommes engagés à faire la guerre à la sorcellerie et il n'y eut jamais plus grande sorcellerie que celle que nous avons vue aujourd'hui.

— Ce n'est pas de la sorcellerie. C'est de la science. Ce sont vos canons en plus puissant.

— Sorcellerie ! » Chacun murmurait le mot, maintenant. Ces fous étaient comme des primitifs.

— Si nous continuons à nous battre, dis-je, ce sera un combat à outrance. Les Xénans préféreraient vous laisser partir une fois qu'ils auront remporté cette bataille. Mais si nous gagnons, j'entends débarrasser cette planète de votre race, comme vous aviez juré d'exterminer les Xénans. Saisissez l'occasion. La paix ! Revenez à la raison.

— Nous mourrons par sorcellerie, dit-elle, s'il le faut. Mais nous mourrons en la combattant.

J'étais trop écœuré pour insister. « Alors, finissons-en », lui dis-je.

Iolinda fit volter son cheval et, ses maréchaux à sa suite, s'en retourna au galop ordonner l'attaque.

Je ne vis pas Iolinda périr. Ceux qui périrent en ce jour furent si nombreux.

Ils vinrent et nous les attendions. Ils étaient sans défense contre nos armes. L'énergie jaillissait des canons et s'enfonçait comme un cautère dans leurs rangs. Navrés de douleur, nous déchaînions les vagues hurlantes de force qui les balayaient et les anéantissaient, métamorphosant de fiers hommes et chevaux en décombres noircis.

Nous avons fait comme ils l'avaient prédit. Nous les avons tous exterminés.

J'étais affligé de les voir monter à l'assaut, eux, l'élite des peuples de l'Humanité.

Il fallut une heure pour détruire un million de guerriers.

Une heure.

Quand tout fut terminé, une étrange émotion m'envahit, que je n'ai jamais pu définir. C'était un mélange de peine, de soulagement et de triomphe. Je pleurai Iolinda. Elle était là, quelque part, dans ce monceau d'os noircis et de chair fumante. Un morceau de viande abattue parmi bien d'autres, sa beauté envolée au même instant que sa vie. Au moins, pensai-je, c'était peut-être un commencement de consolation.

C'est alors que je pris ma décision ultime. Mais l'ai-je effectivement prise ? N'était-ce pas plutôt ce qui avait toujours été prévu ?

Ou était-ce le crime dont j'avais parlé précédemment ? Etait-ce le crime que j'avais commis qui me condamnait à être ce que j'étais ?

Avais-je raison ?

Malgré l'opposition constante d'Arjavh à mon plan, j'ordonnai de faire sortir les machines de Loos Ptokai et, au volant de l'une d'elles, donnai l'ordre d'avancer.

Voici ce que je fis :

Deux mois auparavant j'avais été responsable de la prise des cités de Mernadin pour l'Humanité. A présent je les récupérais au nom des Xénans.

Je les récupérai de terrible manière. J'abattis tous les êtres humains qui les occupaient.

Une semaine plus tard, nous étions à Paphanaal où, dans le grand port, les flottes humaines étaient à l'ancre.

Je détruisis ces flottes et j'anéantis la garnison — hommes, femmes et enfants périrent. Nul ne fut épargné.

Et comme nombre des machines étaient amphibies, je conduisis les Xénans à travers la mer jusqu'aux Deux Continents. Arjavh et Ermizhad n'étaient pas avec moi.

Les cités tombèrent — Noonos aux tours serties de

216

joyaux tomba. Tarkar tomba. Les cités merveilleuses des plaines à blé, Stalaco, Calodemia, Mooros et Ninadoon, toutes tombèrent. Wedma, Shilaal, Sinaan tombèrent, volatilisées dans un jaillissement infernal d'énergie. Elles tombèrent en quelques heures.

A Nécranal, la cité aux tons pastel sur la montagne, cinq millions de citoyens moururent, et tout ce qui resta de Nécranal fut la montagne elle-même, brûlée et fumante.

Mais j'étais consciencieux. Je ne me contentai pas de détruire les grandes villes. Les villages furent détruits. Les hameaux furent détruits. Les villes et les fermes furent détruites.

Je découvris des gens cachés dans des cavernes. Les cavernes furent détruites.

Je détruisis les forêts où ils auraient pu s'enfuir. Je détruisis les pierres sous lesquelles ils auraient pu se glisser.

J'aurais sans aucun doute détruit chaque brin d'herbe si Arjavh n'avait traversé l'océan à la hâte pour m'arrêter.

Il était horrifié de ce que j'avais fait. Il me supplia de cesser.

Je cessai.

Il n'y avait plus rien à tuer.

Nous regagnâmes la côte et fîmes une pause pour regarder la montagne fumante qui avait été Nécranal.

— A cause de la colère d'une femme, dit le prince Arjavh, et pour l'amour d'une autre, vous avez fait ceci ?

Je haussai les épaules. « Je ne sais pas. Je pense que je l'ai fait pour la seule sorte de paix qui durera. Je connais trop bien ma race. La Terre aurait été éternellement déchirée par des combats en tous genres. Je devais décider qui méritait le plus de vivre. S'ils avaient exterminé les Xénans, ils se seraient bientôt retournés les uns contre les autres, comme vous le savez. En plus, ils se battent pour des choses si dépourvues de sens. Pour l'autorité sur leurs prochains, pour une babiole, pour un arpent supplémentaire qu'ils ne cultiveront pas, pour la possession d'une femme qui ne veut pas d'eux…

— Vous parlez au présent, dit doucement Arjavh. En fait, Erekosë, je ne crois pas que vous sachiez encore ce que vous avez fait.

Je soupirai. « Mais c'est fait, dis-je.

— Oui », murmura-t-il. Il agrippa mon bras. « Venez, ami. Retournons à Mernadin. Laissons cette puanteur. Ermizhad vous attend. »

J'étais un homme vide, privé d'émotions. Je le suivis jusqu'au fleuve. Son cours, maintenant, était lent. Il était épaissi par de la poussière noire.

— Je crois que j'ai bien fait, dis-je. Ce n'était pas ma volonté, vous savez, mais autre chose. Je crois que c'était peut-être ce pour quoi, en réalité, j'ai été amené ici. Il existe des forces, je pense, dont nous ne saurons jamais la nature ; nous ne pouvons que la rêver. Je pense que c'est une volonté autre que la mienne qui m'a attiré ici (pas Rigenos, qui, tout comme moi, était un pantin), un instrument qu'on a utilisé, comme on m'a utilisé. Il était écrit que l'Humanité mourrait sur cette planète.

— Mieux vaut que vous le pensiez, dit-il. Venez, maintenant. Rentrons.

ÉPILOGUE

LES blessures de ce carnage sont à présent guéries, alors que j'achève ma chronique.

Je retournai à Loos Ptokai où j'épousai Ermizhad, où l'on me conféra le secret xénan de l'immortalité, et où je ruminai un an ou deux jusqu'à ce que mon cerveau s'éclaircît.

Tout est clair à présent. Je ne ressens aucune culpabilité pour ce que j'ai fait. Plus que jamais, je suis sûr que la décision ne m'appartenait pas.

Peut-être est-ce folie ? Peut-être ai-je rationalisé ma culpabilité ? Dans ce cas, je suis d'accord avec ma folie, elle ne me déchire pas en deux comme le faisaient mes rêves. Ces rêves se font rares ces derniers temps.

Nous voici donc tous trois — Ermizhad, Arjavh et moi. Arjavh est le souverain incontesté de la Terre, une Terre xénanne, et nous gouvernons avec lui.

Nous avons purgé cette Terre de la race humaine. J'en suis le dernier représentant. Par cet acte, nous avons, je pense, raccroché cette planète à la structure d'ensemble, nous lui avons permis de se mouvoir enfin harmonieusement de concert avec un Univers harmonieux. Car l'Univers est vieux, peut-être encore plus vieux que moi, et il ne pouvait tolérer des humains qui violaient sa paix.

Ai-je bien fait ?

Vous devez juger par vous-même, où que vous soyez.

Pour moi, il est trop tard pour poser la question. Je

219

me maîtrise assez aujourd'hui pour ne jamais la poser. La seule façon dont je pourrais y répondre impliquerait l'effondrement de ma santé mentale.

Une chose m'intrigue. Si vraiment le Temps est cyclique, d'une manière ou d'une autre, et que notre Univers doive renaître pour suivre à nouveau le même chemin, alors un jour l'Humanité émergera encore une fois, d'une façon quelconque, sur la Terre et mon peuple d'adoption disparaîtra de cette planète, ou semblera disparaître.

Vous qui lisez ces lignes, si vous êtes humain, peut-être savez-vous. Peut-être mes questions vous paraissent-elles naïves et ridicules. Mais je n'ai pas de réponse. Je ne peux en imaginer aucune.

Ce n'est pas moi, humain, qui serai le père de votre race, car Ermizhad et moi ne pouvons avoir d'enfants.

Alors, par quel moyen reviendrez-vous violer l'harmonie de l'Univers ?

Et serai-je ici pour vous accueillir ? Deviendrai-je une fois encore votre héros ou mourrai-je avec les Xénans en vous combattant ?

Ou bien mourrai-je plus tôt et serai-je le chef qui mène à la Terre l'Humanité destructrice ? Je ne puis le dire.

Lequel des noms porterai-je la prochaine fois que vous m'appellerez ?

Aujourd'hui, la Terre est paisible. L'air silencieux ne porte que le son des rires tranquilles, le murmure des conversations, les petits bruits des petits animaux. La Terre et nous sommes en paix.

Mais combien de temps cela peut-il durer ?

Oh ! combien de temps cela peut-il durer ?

*Achevé d'imprimer en décembre 1990
sur les presses de l'Imprimerie Bussière
à Saint-Amand (Cher).*

PRESSES POCKET - 8, rue Garancière - 75285 Paris
Tél. : 46-34-12-80

— N° d'imp. 3380. —
Dépôt légal : décembre 1990.
Imprimé en France